KB019301

나무처럼 산처럼 2

나무처럼 산처럼 2
이오덕의 자연과 사람 이야기

지은이 이오덕
펴낸이 윤양미
펴낸곳 도서출판 산처럼

등 록 2002년 1월 10일 제1-2979
주 소 서울시 종로구 사직로8길 34 경희궁의 아침 3단지 오피스텔 412호
전 화 02-725-7414
팩 스 02-725-7404
E-mail sanbooks@hanmail.net
홈페이지 www.sanbooks.com

제1판 제1쇄 2004년 6월 1일
제2판 제1쇄 2018년 4월 10일

값 10,000원

ISBN 978-89-90062-84- 0 -03810
✽ 잘못된 책은 바꾸어 드립니다.

이오덕의 자연과 사람 이야기

나무처럼
산처럼 2

산처럼

머리말을 대신하며

쓰레기 강산

우리 아이가 아버지 병 낫게 한다고
산새 소리밖에 안 들리는 고든바위골 막바지에
조그만 흙집을 짓고 있다.
그리고 그 밑에다가
손바닥 같은 논 몇 뙈기 떠 놓았다.
올해부터 깨끗한 밥 깨끗한 물을 먹을 수 있겠다고
나는 날마다 그 골짜기에 한 번씩 가서
희한한 새 소리도 듣고
딸기도 따먹고 한다.
그런데 오늘은 포장된 찻길에서 그 골짜기로 들어가는 어귀
새로 길을 내려고 도랑을 파 놓은 곳에
밤새 어느 저주받을 손들이
플라스틱이며 스티로폼, 온갖 병들을 산더미처럼
버려 놓았다.
아, 이걸 어찌하나?
간밤 꿈에

내가 그 어떤 소름끼치는 원수들에게

쫓겨다니면서

그토록 허우적거렸던 것이

바로 이 쓰레기였구나!

모든 산, 모든 골짜기를 죽이고

모든 목숨의 숨통을 꽉 조이는

이 무서운 쓰레기.

저 아름다운 새 소리도 아직도 피고 지는 산꽃들도

죄다 사라지고

천지가 어두운 적막강산 되어

드디어 지구를 폐기 처분하게 될 날이

시시각각 다가온다는 사실을

나는 오늘도 고든박골로 걸어가는 산길에서 떨쳐버리지 못한다.

아, 이승이야말로

꿈이다. 소름끼치는 끔찍한 꿈이다.

— 2001년 6월 28일. 미발표 시 중에서

나무처럼 산처럼 2 · 차례

이오덕의 자연과 사람 이야기

일러두기

1. 이오덕 선생님은 우리 말 맞춤법에 문제가 많다고 느끼신 분입니다. 그래서 선생님 나름대로 보통사람들이 가장 알맞으면서 깨끗하게 쓸 수 있는 틀을 생각하셨습니다. '우리 나라', '우리 말'은 지금 맞춤법과 달리 띄어서 쓰십니다. 비슷한 틀로 쓸 수 있는 '우리 집', '우리 얼', '우리 옷'은 띄고 '우리 나라', '우리 말'만 붙이는 일은 옳지 않다고 보셨기 때문입니다.

2. 《나무처럼 산처럼 2》는 이오덕 선생님이 주로 《나무처럼 산처럼 1》이 출간된 이후 《신동아》에 꾸준히 쓰셨던 이야기와 《당대비평》과 여러 잡지에 쓰셨던 글을 모았습니다.

3. 책과 책 표지에 들어 있는 이오덕 선생님 옛 사진(1970년대)은 사진작가 윤주심 씨가 찍은 것입니다. 잡지 《뿌리깊은 나무》 1979년 3월호 '만나보기'에 실었던 사진입니다. 경상북도 안동군 임동면 지례1동 길산국민학교(옛 주소)에서 일하시던 때 이오덕 선생님의 모습입니다. 사진 사용권은 찍힌 이와 《뿌리깊은 나무》 둘에게 있는데, 《뿌리깊은 나무》는 지금 사라져서 사진을 찍은 분에게 사진을 쓴다고 알려야 할 터이나, 시간이 많이 지난 지금은 윤주심 씨와 연결이 되지 않아 따로 알리지 못하고 고맙다는 말씀만 드립니다. 윤주심 씨 덕분에 이오덕 선생님 옛 자취를 이렇게 많은 분들과 널리 나눌 수 있게 되었습니다. 다시 한 번 고맙다는 말씀을 드립니다.

4. '머리말을 대신하며'에 담은 이오덕 선생님 시는 이오덕 선생님께서 돌아가시는 날까지 세상에 알리지 않고 조용히 써서 모아두신 시 가운데 하나입니다. 시는 이오덕 선생님 아드님인 이정우 님이 골랐습니다.

제1부
진달래 붉은 산을 바라보며

들나물 산나물

　나물에는 밭나물, 들나물, 산나물, 바다나물(바닷말) 들이 있다.
그러니까 논밭에 심어 가꾸는 나물과 산이나 들이나 물 속에 절로
나는 나물이 있어서 반찬으로 해먹을 수 있는 모든 푸나무의 잎과
줄기와 뿌리와 열매를 나물이라고 하는 것이다. 이 나물 가운데서
밭에 심어 가꾸는 나물만을 가리켜 남새라고도 한다. 그러니 우리
말로는 나물과 남새다. 한자말 좋아하는 글쟁이들은 채소라고도 했
다. 왜 이런 뻔한 말을 하나? 사람들이 모두 우리 말을 하지 않고
일본말 따라 '야채'라 하기 때문이다. 책이고 신문이고 방송이고 상
품 광고고 온통 일본말 '야채'만 쓰면서 조금도 부끄러운 줄 모른
다. 그래서 이 글을 읽는 분들도 왜 '야채'라 하지 않고 나물이라는
촌스런 말을 하는가 하고 생각할 것 같아서 우선 말 한 가지라도 살
려야겠다고 이런 말을 하는 것이다. 촌스런 말이 진짜 우리 말이다.
나물이란 말 하나 잘 살려 쓰게 된다면 그 나물을 먹으면서 이 땅에

살아온 우리 선조들의, 저 파란 하늘 같고 맑은 바람 같은 마음을 다시 우리 몸 속에서 살려낼 수도 있다. 그 나물의 참 맛을 알게 되면 자연 그대로인 싱싱한 모습으로 우리 모두가 다시 살아날는지도 모른다. 우리 말을 찾아 가지는 일은 이래서 우리 몸과 마음을 깨끗하게 하고, 우리 영혼을 찾아 가지게 되는 가장 믿을 수 있는 확실한 길이 된다.

요즘 논밭에서 금비와 농약으로 가꾸는 재미없는 나물 이야기는 그만두고 들나물, 산나물 이야기나 하겠다. 이른봄 자연에서 가장 먼저 얻어먹을 수 있는 나물이 냉이다. 누구든지 시골에서 어린 시절을 보낸 사람이라면, 긴 겨울 동안 갇혀 있던 방에서 나와 오늘은 햇살이 제법 따스하구나, 이제는 양지 쪽 산기슭 잔디밭에 할미꽃이 피어날는지도 모른다 하고 사립문을 나서서 흙담 골목을 돌아 나오며 발 밑을 내려다보는 순간 그 흙담 밑 땅바닥에 아, 연둣빛이 도는 조그만 냉이들이 오박조박 나 있는 것을 보고는 놀라서 기쁜 소리를 친 기억을 간직하고 있을 것이다. 야아, 날냉이다! 얘들아, 이리 와 봐, 벌써 날냉이가 나왔어!

그러나 골목길 돌담 밑에 냉이가 연둣빛으로 돋아나기 며칠 전부터 벌써 언니들은 아직도 찬바람 부는 산기슭 양지 쪽을 날마다 찾아가서 냉이를 캐고 있었다. 냉이는 지난해의 명(목화)밭이나 배추밭이나 조밭이나 어디를 가도 흔하게 나 있는데, 아직 그 잎들이 풀빛으로 물들지 못하고 흙빛 그대로, 더러는 잎들이 얼어서 겨울 바

이른봄 자연에서 가장 먼저 얻어먹을 수 있는 나물 냉이. 2004년 5월 10일.

람에 말라 시들어 있기도 하지만, 땅은 녹아서 호미로 캐면 하얀 뿌리가 나온다. 그것을 종다래끼에 한가득 캐면 그날은 온 식구가 냉잇국, 냉이무침으로 밥상 앞에서 봄 이야기에 꽃을 피운다. 향긋하고 달콤한 냉이는 바로 새봄의 향기였고 새봄의 맛이었다. 한 해 동안 자연이 주는 온갖 선물 가운데 가장 반가운 첫 선물이 냉이였던 것이다.

냉이를 캐면서 또 함께 캐는 나물이 씀바귀다. 씀바귀도 냉이처럼 아직 그 잎이 겨울 추위에 얼어서 말라 있는 것을 그대로 캔다. 씀바귀는 무쳐 먹는데 그 맛이 쌉쓰름해서 아이들은 즐겨 먹지 않았다. 어른들은 "쓴 나물이 밥맛을 돋구고 몸에도 좋다"고 했지만 먹고 싶지 않았다. 그런데 내가 어른이 되고, 더구나 늙은 나이가 되니 씀바귀 맛을 알겠다. 요즘 내가 가장 좋아하는 봄나물이 씀바귀다.(어렸을 때 불렀던 노래가 생각난다.)

봄철이라 돌아왔네, 나물 캐기 참 좋단다.
점심밥을 싸 가지고 너고나고 둘이 가자.
씀바귀는 무쳐 놓고 냉이로는 국 끓여서
아버지께 많이 놓고 오빠께도 맛보이자.

씀바귀와 냉이는 이른봄에 캐먹는 나물의 대표가 되어 있다. 이 나물 캐기는 주로 어머니들이나 여자아이들이 하는 일로 되어 있었지만, 우리 같은 사내아이들도 놀이삼아 캐러 다녔다. 나물 캐는 노래가 또 하나 떠오른다.

동무들아 오너라 봄맞이 가자.
나물 캐는 바구니 옆에 끼고서
달래 냉이 꽃다지 모두 캐 보자
종달이도 봄이라 노래하잖다.

지금의 40대에서 60대가 되는 사람이라면 어렸을 때 모두 이 노래를 불렀을 것이다. 이 노래에 냉이와 함께 달래와 꽃다지가 나온다. 꽃다지는 잎에 잔털이 많이 나 있고 노란 꽃이 피는데 잎을 먹는다. 왜 봄나물의 대표로 씀바귀가 안 나오고 꽃다지인가? 아마도 쓴 나물 이름보다는 '꽃'이란 말이 들어 있는 나물 이름이 봄 노래에 더 잘 어울린다 싶어서 이렇게 지었으리라. 그런데 달래, 이 달래는 냉이와 씀바귀를 캐러 다니다 보면 며칠이 안 가서 만나게 된다. 달래는 아무데나 많이 나 있지 않아서 그것을 보게 되면 여간 반갑지 않다. 한 곳에 무더기로 소복하게 실 같은 잎으로 돋아나 있어서 몇 무더기만 만나면 그것만으로도 한끼 반찬거리로 온 식구가 맛있게 먹을 수 있다. 달래는 파처럼 맵다. 익히면 달기도 하고, 독특한 향기가 있다. 냉이는 달고, 씀바귀는 쓰고, 달래는 맵고. 이래서 우리가 사는 이 땅은 달고 쓰고 매운 갖가지 자연의 오묘한 맛을 이른봄

경상북도 안동군 임동면 지례1동 길산국민학교에 계시던 때의 모습.
1979년 3월.

부터 골고루 우리에게 선물해 주는 것이다.

　종달새 소리를 들으면서 나물을 캐러 다니다 보면 어느새 냉이는 자라나서 줄기가 뻗어 오르고 잎도 세어진다. 그러면 쑥과 미나리를 하러 간다. 쑥은 냇가에도 있고 논둑 밭둑 산기슭 어디를 가도 흔하다. 쑥은 국으로 끓이고 죽으로 쑤어 먹고 떡으로 만들기도 하기에 아주 많이 뜯는다. 미나리는 미꾸라지들이 숨어 있는 도랑에서 뜯는다. 홀때기(버들피리)를 불면서 쑥을 뜯고, 찔레를 꺾어 먹으면서 미나리를 나물칼로 자르다가 또 돌나물을 만난다. 돌나물도 논둑 밭둑 산기슭 가는 곳마다 흔하다. 그늘진 바윗돌에도 붙어서 잘 뻗어나는데 여름까지 먹을 수 있다. 돌나물이 한창 날 때는 벌써 온 산과 들의 나무들이 새잎을 눈부시게 피워서 꾀꼬리가 울고, 그러면 (산마다) 온갖 산나물이 나오게 된다. 참취, 곰취, 고사리, 더덕, 고춧대……. 그 많은 산나물들! 서른 몇 해 전 내가 어느 산골 학교에서 아이들에게 산나물 이름을 적어보라고 했더니 그 수가 쉰 가지도 더 넘었다.

　온갖 향기와 맛을 지니고 있는 그 많은 나물들은 또 온갖 병을 다스리는 좋은 약으로 되어 있기도 하다.

　알고 보면 우리가 먹을 수 있는 나물은 옛날부터 먹어서 누구나 그 이름을 잘 알고 있는 산나물 들나물뿐 아니라, 그밖에도 또 얼마든지 있다. 몇 가지만 들면, 봄부터 가을까지 어느 들판에 가도 흔하게 풀밭을 만들고 있는 토끼풀은 아주 부드럽고 맛있는 나물이 된다. 민들레잎도 나물이고, 새로 피어난 뽕잎도 영양값이 많은 나물이다. 다래잎은 봄에 훑어서 삶아 두었다가 겨울에 먹는 것으로만 모두 알고 있지만, 한여름에 뜯어서 쌈으로 먹으면 구수하다. 보기에는 잎이 두껍고 억세지만 먹어보면 아주 부드럽다.

우리가 자연을 해치지 않고, 산과 들을 깔아뭉개지 않고, 거기 독약을 뿌리지만 않는다면, 그 산과 들은 우리에게 한없는 먹을거리를 대어준다. 그렇게 좋은 땅에서 우리는 태어났다. 그런데 그 땅을 다 죽이면서 약을 뿌려 가꾼 몇 가지 나물이며 열매만을 다시 또 온갖 약품으로 맛을 들여 먹는다는 것은 얼마나 잘못된 일인가.

다시 우리 말로 끝을 맺겠다. 씀바귀, 냉이, 달래, 잔대, 더덕은 뿌리를 캔다. 쑥은 손으로 뜯으면 된다. 돌나물은 걷는다고 한다. 다래잎은 훑고, 고사리는 꺾는다. 미나리는 나물칼로 자른다. 이렇게 정확하게 표현을 하는 재미있는 말이 또 어느 나라에 있겠는가? 그런데 한자말은 '채취한다' 한 가지뿐이다. 그래서 이 '채취한다'는 한자말이 그만 '캔다', '뜯는다', '걷는다', '벤다', '자른다', '훑는다', '꺾는다', '뽑는다' 따위 말을 모조리 죽여 놓았다. 한자말은 이래서 우리 말을 잡아먹는 황소개구리가 되어 있다.

내가 자라난 경북에서는 냉이를 날생이라 했다. 냉이를 가리키는 말은 나생이, 나싱개, 나새……따위로 사전(한글학회)에 올려 있는 것만 해도 서른세 가지나 된다. 이 말이 본래는 '나ᅀᅵ'였는데, 이것이 '나이'와 '나시'로 되었다. 그래서 '나이'로 된 것이 '냉이'로 바

꿰어 이것이 표준말로 되고 말았다. 하지만 '나시'로 된 말은 앞에서 말한 것처럼 온갖 재미있는 소리로 발달하여 영남과 호남과 충청도, 곧 남한 각 지방에서 서른 가지도 넘게 쓰이게 된 것이다. 그런데 '나이→냉이'는 한 가지 소리밖에 없는데, 서울 사람들이 하는 말이라고 해서 이것을 표준으로 삼았으니 잘못한 것이다. 일본말도 이 나물이 '나즈나(ナズナ)'라고 하는데, 우리 말이 건너가서 '나ᐢ—나스나'가 된 것이 분명하다.

달래는 우리 고향에서 달랭이라 했다. 사전에는 달랑구, 달랑개, 달롱개…… 따위 스물세 가지가 올려 있다. 이것도 표준말로 되어 있는 '달래'보다는 달랭이, 달랑구, 달랑갱이 따위 말이 그 뿌리 모양까지 재미있게 떠올리게 하여 훨씬 좋다. 돌나물은 우리 고향에서 '돌찐이'라 했다. 돌찐이, 얼마나 귀여운 이름인가. 질경이는 '빼쩽이'였고, 명아주는 '도트라지'였다. 질경이, 명아주도 좋지만 빼쩽이, 도트라지도 말맛이 좋다. 정다운 우리 말을 이런 나물 이름에서 느낄 수 있는 사람이라면 그것만으로도 우리 겨레가 가질 수 있는 희망의 싹이 될 수 있지 않겠나 싶다.

봄에 피는 꽃

버들강아지*

이 세상에서 그 누가 봄을 가장 애타게 기다렸던가? 그것은 겨우
내 얼어붙은 냇가에서 칼바람을 맞으며 떨던 나무들이었다. 그리고
그 벌판의 얼음 위에서 썰매타기로 날을 보내던 아이들이었다.

내 어린 시절의 겨울, 그때는 요즘보다 더 추웠을 텐데, 우리는 내
복이란 것을 몰랐고, 양말조차 변변히 신었던 것 같지 않다. 그런데
도 눈이 펑펑 쏟아지는 날이 아니면 날마다 얼음 덮인 시내와 논으

---

*남북한의 모든 사전에서 버들강아지를 '버들개지'라고 잘못 적어 놓았다. 버들
강아지는 이른봄에 피는 꽃이고, 버들개지는 늦은 봄에 흰 털이 달린 씨앗으로 바
람에 날아다니는 것이다.

로 못으로 달려가 썰매를 탔다. 그 썰매는 시게또라 했다. 마을의 아이들은 겨울이 오기 전에 일찌감치 시게또를 만들어 놓는다. 재료는 담배 창고 짓는 공사장 같은 데서 주워 놓은 판자 조각과 철사와 못이었다. 늦가을, 솔괭이(관솔 옹이)를 잘라 팽이를 다듬던 톱과 낫으로 시게또를 만들어 놓고 겨울이 오기를 기다렸던 것이다.

그래서 겨울날 얼음이 꽁꽁 언 마을 앞 무논이나 거랑(내)에는 언제나 아이들로 들끓었다. 그 얼음판에서는 누구 시게또가 일등으로 빨리 가나 하는 것이 가장 큰 관심거리가 되었다. 그러던 어느 날 그만 사고가 났다. 저쪽에서 오는 아이와 내가 아주 정면으로 들이받은 것이다. 죽었구나 싶었다. 머리가 아주 박살이 나 버린 듯했다. 겨우 정신이 돌아와서 이마에 손을 대어보니 굵은 밤알만한 혹이 무섭게 만져졌다. 그런데 나하고 부딪친 아이와 그 패거리들이 나를 둘러싸고 마구 몰아세웠다. 두 아이가 서로 부딪쳤으면 얼음판에 무슨 교통규칙이란 것도 없었으니 앞을 안 보고 달린 두 아이가 모두 잘못했을 터인데, 그 아이들은 내게 욕설만 퍼부었던 것이다. 장터 아이들이었다. 장터 아이들은 본래 그랬다.

시게또 타기는, 거랑이나 무논보다 좀 멀지만 못이 더 넓어 좋았다. 추위가 한풀 꺾여서 얼음이 못가에서 조금씩 녹기 시작했는데도 우리는 아침부터 시게또를 옆구리에 끼고 산골짝 못으로 달려갔다. 시게또에 앉아서 송곳으로 얼음을 찔러 쫙 나가면서 신나게 돌아다니는데, 어느 곳을 지나니 그 넓은 얼음장이 금이 가서 배처럼 움직이는가 싶더니 조금 스르르 내려앉는다. 우리는 그게 도리어 재미있다고 되돌아서 또 그곳을 지나오고 했다. 왜 그런 위험한 짓을 했나 싶다. 아무튼 우리는 그렇게 해서 추운 겨울을 얼음판에서 살았던 것이다.

그러던 어느 날, 냇가 모래밭 한쪽이나 방천둑 밑에서 발견하게 되는 것이 버들강아지다. 아직도 찬바람이 귀를 에는 벌판에서 아이들 무릎 높이로, 더러는 키 높이로 자라난 갯버들 가지마다 눈부시게 보송보송 피어난 귀여운 버들강아지들! 모진 추위를 이겨낸 겨울 아기들!

"야아, 버들강아지다!"

"어디, 어디?"

"이것 봐, 벌써 나왔어."

"정말! 얘들아, 버들강아지다!"

아이들은 모두 그 버들강아지를 들여다보고 감탄한다. 두 손으로 감싸안고 살짝 손가락을 대보고 한다. 아, 네가 왔구나. 얼마나 보고 싶었던 너였던가. 정말 그것은 오랫동안 헤어졌다가 다시 만난, 이 세상에서 가장 가까이 지냈던 그립고 그리운 동무였던 것이다.

버들강아지는 진정 봄의 선구자였다. 그리고 겨울 들판의 아이들은 버들강아지와 너무나 닮았다.

하지만 이제 그 버들강아지는 사라졌다. 버드나무와 함께, 피라미와 버들붕어들이 헤엄치던 냇물도 방천둑도 간 곳이 없어졌다. 어쩌다가 썩은 물 개천가에 버드나무가 있어도 그곳엔 아이들이 없다. 아이들은 죄다 방안에 갇혀 봄이 오는 것도 달력을 쳐다보고 머리로 알 뿐이다.

지난해 어느 자리에서 꽃다발을 받았는데, 그 꽃다발 속에 버들강아지가 있었다. 그런데 빛깔이 이상하다 싶어서 살펴보았더니 물감을 들여 놓은 것이었다. 그뿐 아니고 그 버들가지를 얇은 비닐로 온통 싸 감아 놓았다. 세상에, 이런 잔인한 짓을 하다니! 인간이 참으로 끔찍한 동물로 되어 버렸구나 싶어 어이가 없었다. 요즘 아이들은, 교과서에도 나오고 노래로도 부르는 버들강아지가 이런 것이라고 알겠지. 어른들이 읽는 책도 아이들의 동화집 동시집도 뻔질뻔질한 비닐로 겉장을 입힌 것이 잘 팔린다고 들었다. 비닐과 플라스틱으로 포장한 상품과 도시와 인간! 정말 섬뜩한 세상이 되었다.

할미꽃

얼음이 다 녹으면 아이들은 산으로 짠대를 캐 먹으러 간다. 이 짠대는 지금 표준말의 '잔대'와는 다른 것이다. 이른봄 잔디밭에 쑥빛으로 싹이 돋아나는데, 그 뿌리가 달근하다. 호미를 늘고 짠대를 캐 먹으러 뒷산에 오르내린 지 며칠쯤 지나면 어김없이 할미꽃을 만나게 된다. 할미꽃도 양지바른 잔디밭 마른 잎들 속에서 가장 먼저 피

어나기 때문이다. 땅에 딱 붙은 키로 수줍은 듯 고개를 폭 숙이고 있
어서 할미꽃은 피어나도 얼른 눈에 띄지 않는다. 혹시나 싶어 곁에
가서 보면 손가락 사이에 보드레한 꽃송이가 고개를 쳐드는데, 아,
그 고운 진자줏빛! 야, 할무대다, 할무대! (우리 고향에서는 할무대라
했다.) 할무대 폈다! 내가 맨 처음 봤어! 이래서 할미꽃을 맨 처음 본
아이는 마을에 가서도 큰 자랑거리가 되었다. 그날부터 할미꽃은 며
칠 사이에 여기저기 가는 곳마다 피어났고, 봄은 할미꽃과 함께 왔
던 것이다.

　내가 어른이 되어 교단에 섰을 때, 새학년 새교실에서 시를 가르
친 것도 흔히 할미꽃에서 시작했다.

　　할미꽃 잎이 말랐기에
　　파 보니
　　맹아리가 노랗게
　　올라온다.
　　풀로 덮어 주었다.

—1959. 2. 25. 상주 공검 2년 권두임

　생명에 대한 사랑은 자연 속에서 느끼게 된다. 아이들은 자연과
함께 살아가면서 참된 사랑을 배운다.

이른봄 양지바른 잔디밭 마른 잎들 사이에서 가장 먼저 피는 할미꽃. 지금은 찾아보기가 어렵다. 2004년 5월 10일.

할미꽃 속에

까만 것도 있고

노란 것도 있네.

가만히 들여다보니

할미꽃이 어예 생겼노 시프다.

―1969. 4. 13. 안동 대곡 3년 김순희

자연의 아름다움, 자연의 신비스러움을 이렇게 해서 또 받아들인다. 그것은 이 세상에서 사람이 얻어 가지게 되는 가장 귀한 선물이다.

그런데, 내가 어렸을 때 어른들한테서 배웠던 노래는 "뒷동산의 할미꽃 (줄임) 싹 날 때도 할미꽃 호호백발 할미꽃" 어쩌고 하는 것이었다. 그 노래는 그저 웃기는 말일 뿐이다. 할미꽃이란 이름부터 내 느낌으로는 맞지 않다. 그 꽃 모습은, 귀여운 아이가 얼굴을 붉히고 고개를 숙이고 있는 모습이지, 결코 할머니가 허리를 꼬부리고 있는 모습이 아니다. 꽃이 다 지고 난 뒤에 하얀 털을 달고 있는 씨앗들을 보고 할머니 머리 같다고 해서 할미꽃이란 이름을 붙였겠다는 생각도 들지만, 그것은 꽃이 아니다.

할미꽃은 이른봄부터 우리 나라 어느 들판 어느 골짜기를 가도 논둑이고 밭둑이고 신작로가에까지 꽃밭을 만들고 있었다. 내 기억 속에 그림처럼 남아 있는 풍경의 하나는, 보통학교 1학년 첫 소풍날이었는데, 종달새 소리를 들으면서 걸어가던 십릿길 냇가의 그 넓은 돌자갈 벌판에 온통 눈이 모자라게 피어 있던 할미꽃 꽃밭이었다.

그런데 이 할미꽃도 이제는 본 지가 까마득하다. 할미꽃도 이 땅에서 거의 모두 사라졌다. 지금 내가 있는 이 산골에서도 할미꽃을 볼 수 없다.

진달래

진달래는 참꽃이라 했다. 할미꽃과 참꽃, 어느 것이 먼저 피나? 거의 같이 핀다. 다만 어느 쪽을 먼저 보게 되는가 하는 것이다. 양지 쪽 따스한 곳이면 참꽃이든 할미꽃이든 일찍 핀다. 그리고 참꽃은 꽃망울을 가지째 꺾어 와서 병에 꽂아 방안에 두고 몇 밤을 자고 나면 활짝 핀다.

참꽃이 한창 필 때는 살구꽃도 피고, 조밥꽃 이밥꽃도 피어나 온 산이 꽃 천지가 된다. 그러면 아이들은 날마다 참꽃을 보러 산에 올라간다. 꽃을 따먹고, 꽃방망이를 만들고, 꽃싸움을 한다. 참꽃은 꺾어도 꺾어도 무진장으로 있고, 그렇게 산마다 온통 꽃으로 덮여 있는데도 참꽃만 보면 반갑고 노래가 나온다. 잔솔밭(이 잔솔밭이 그대로 참꽃밭이다)을 뛰어다니면서 꿩병아리를 쫓고, 멧새알이 들어 있는 둥지를 찾아내고, 딱주(잔대)뿌리를 캐 먹는 것도 즐거웠다. 우리들 어린 시절의 봄은 그렇게 해서 꽃동산에서 보냈던 것이다.

이제는 그 모든 것이 사라졌다. 버들강아지도 할미꽃도, 참꽃이 필 때 찾아와서 빨랫줄에 앉아 재재골 재재골 뭐라고 인사하던 그 오랜 옛 친구 제비들도 사라진 지 오래다. 내가 세상에 태어나서 맨 처음 들었던 노래가 "보리밭의 종달새 봄이 왔다고"로 시작되는 윤복진 선생의 동요였다. 그 노래는 내가 아기로 누님 등에 업혀 다닐 때 누님이 불러 주시던 노래였다. 그런데 이제는 봄이 와도 종달새 소리를 들을 길이 없다.

나를 키워주고 내 영혼이 자리잡을 보금자리를 마련해 준 그 산천의 꽃들이며 새들이며 물고기들이 다 사라진 이 적막강산에, 그래도 진달래 참꽃이 아직 남아 있다는 것은 얼마나 다행한 일인가! 그래서 해마다 봄이 와서 진달래 붉은 산을 쳐다보면 눈물이 나는 것이다.

모든 것이 사라진 이 땅에
다만 있는 것은 납덩이 같은 하늘뿐인데
들이고 산이고 물이고 모조리 다 삼키고
무섭게 입을 벌리고 있는
도시라는 괴물뿐인데
그래도 너는 앞날이 있다는 것이지
꺾이고 뽑히고 밟히고 또 짓밟혀도

살아남은 끈질긴 목숨
이 강산 영원한 지킴이
네 이름은 진달래!

분디나무와 초피나무

　　우리 마을에 지난해 농사를 짓기로 작정하고 이사 온 집이 한 집
있다. 그 집 아주머니한테서 들은 이야기다. 서울 근처에 살 때 등산
을 좋아해서 남한산성에 자주 갔는데, 한번은 산길을 올라가다가 같
이 가던 한 사람이 어떤 나무를 가리키면서 저것이 산초나무라고 하
더란다. 귀한 양념이 되는 초피 열매를 맺는 산초나무가 바로 이것
이구나 싶어 그 뒤로 산에 올라갈 때마다 그 나무만 찾아다니면서
열매를 따 모았고, 그 열매 따는 재미로도 산에 자주 오르게 되었다.
따 모은 열매가 몇 되나 되었다. 그런데 양념을 만드는 방법도 몰랐
고, 열매가 너무 많아서 어떻게 할까 하다가 '옳지, 고향 어머니께
갖다 드리면 귀한 선물이 되겠구나' 싶어 거창에 계시는 친정 어머
니께 갖다 드렸더니, 어디서 이렇게 많이 따 모았느냐면서 좋아하셨
다. 그런데 그 어머니는 양념으로 먹기보다 시장에서 팔면 돈이 되
겠다 싶어 장날에 시장에 가지고 갔다. 장바닥에 펴놓고 이것이 초

피라고 했더니 사람마다 귀한 것을 본다면서 구경하는데, 어떤 사람이 그것을 몽땅 다 사갔다. 그래서 돈을 벌게 해 준 딸에게 고맙다고 전화로 알려왔다는 것이다.

이 이야기는, 우리 마을 근처 산에 흔하게 있는 분디나무를 보고 그 아주머니가, 여기도 귀한 양념이 되는 열매가 달리는 산초나무가 있다고 좋아하면서 들려준 이야기다. 그래서 그 아주머니한테, 이 나무는 초피나무가 아니고, 기름을 짜는 분디라는 열매를 맺는 분디나무라고 했더니 고개를 갸웃거리면서 "이게 틀림없이 남한산성에서 열매를 딴 나문데……" 했다. "아주머니 말이 맞아요. 남한산성에서 땄다면 이 나무와 같은 나무란 것이 확실하지요. 그런데 이 나무 열매는 양념이 안 됩니다. 옛날에는 이 열매로 기름을 짜서 등불을 켰어요. 기름 짜는 열매를 맺는 분디나무와 양념감이 되는 열매를 맺는 초피나무는 아주 비슷해서 잘 알아낼 수 없어요." "그럼 산초나무는 어떤 나문가요?" "그건 잘못 쓰는 한자말입니다." 이렇게 말하고는 분디나무와 초피나무가 어떻게 다른가를 자세히 말해 주었더니 그때야 아주 크게 놀라는 얼굴이었다. 그래서 분디를 초피로 알고 그렇게 열심히 따 모으고, 그걸 귀한 선물이라고 어머니께 갖다 드리고, 그 어머니조차 그런 줄 알고 장에 가서 팔고, 그것을 산 사람도 초피로 알고 비싼 돈을 주고 사 가서 양념 재료로 더 좋은 값을 요릿집 같은 데서 받으려고 했구나 싶어, 한동안 멍하니 말이 없었다.

대관절 어째서 이런 일이 일어나는가? 그 까닭은 분디나무와 초피나무가 아주 비슷해서 분간하기 어렵기 때문이기도 하지만, 그것보다도 이 두 나무를 우리 말 그대로 말하지 않고 그만 산초(山椒)라는 한자말 한 가지만 써서 똑같이 산초나무라고 하기 때문이다. 이렇게 잘못된 한자말을 쓰기 때문에 우리가 사물을 제대로 알지 못하고, 올바른 표현도 할 수 없게 되고, 잘못된 행동을 하고 마는 일이 얼마나 많겠는가? 하필 이런 나무 이름뿐 아니다. 풀 이름, 곡식 이름들이 그렇고, 사람이 먹고 입고 자고 일하는 모든 행동을 나타내는 말들이 그렇게 되어 온갖 풍성한 우리 말들이 한자말에 잡아먹히면서 우리는 얼마나 많은 혼란, 잘못된 앎을 가지고 살아가는지 모른다. 우리가 가지고 있는 모든 생각, 온갖 학문의 이론, 말로 빚어내는 예술이라는 문학이 우리 말이 될 수 없는 한자말을 뼈대로 해서 이뤄져 있다면 이보다 허망한 일이 어디 있겠는가.

이 나무 이야기를 이어보겠다. 이것은 보통으로 살아가는 일반 국민들만 이렇게 두 나무를 혼동하는 것이 아니다. 우리 말을 연구한다는 사람들, 식물을 연구하는 사람들까지 이런 혼란에서 벗어나지 못하고 있다. 나는 분디나무와 초피나무와 산초라고 되어 있는 나무를 사전에서 어떻게 말해 놓았는가 싶어, 온갖 우리 말 사전을 있는 대로 다 찾아보았고, 백과사전과 식물도감도 있는 대로 살펴보았다. 그런데 놀랍게도 사전마다 설명해 놓은 말이 달랐다. 공통되는 것은 '산초'라는 한자말 나무 이름이 표준으로 되어 있다는 것뿐이었다.

어떤 사전에는 분디나무를 산초나무라 했고, 어떤 사전에는 초피나무를 산초나무라 했다. 그리고 초피나무와 분디나무를 잘 구별할 수 있도록 요령 있게 설명해 놓은 사전은 보지 못했다. 북녘에서 낸 사전도 마찬가지였다.

그러면 여기서 분디나무와 초피나무가 어떻게 다른가를 말해 보겠다. 이것은 내가 책을 읽어서 머리로 알고 있는 것이 아니라 실지로 산에서 보고 그 열매를 딴 삶에서 알고 있는 것이다. 우선 나무 이름인데, 내 고향 경북 청송에서는 분디(또는 분지)나무를 난디나무라고 했다. 내가 어렸을 때는 가을에 농사일을 대강 마치고 추수를 할 때까지 잠시 틈을 내어 모두 산에 올라가서 꿀밤(도토리)을 땄는데, 꿀밤을 따러 이산 저산 다니다가 난디나무를 만나면 난디도 함께 땄다. 난디가 잘 익어서 그 껍질이 갈라지면 윤기 나는 새까만 열매가 진한 향기를 뿜는데, 그걸 따 모은다. 난디는 기름을 짜서 등잔불을 켰다. 접시에 담아서 거기다가 문종이로 심지를 만들어 담가서 당황(성냥)으로 불을 붙이면 온 방이 환하게 밝았다. 석유가 들어오기 전에는 거의 모든 집에서 이 난디 기름으로 등잔불을 켰고, 석유가 들어온 뒤에도 석유 호롱불과 함께 오랫동안 이 난디 기름을 썼다. 요즘은 이 열매를 어떤 약으로 쓴다고도 하지만, 내가 알기로는 좀 딜 익었을 때 따서 된장에 넣어 두면 된장 맛이 아주 좋다. 간장에 넣어도 먹을 만하다. 앞에서 어느 아주머니가 남한산성에서 따 모았다는 열매가 바로 이 분디나무의 열매였던 것이다.

귀한 양념으로 쓰이는 초피나무와 비슷하기도 하지만 한자말로는 같이 산
초(山椒)라고 하여 분간하기 어려운 분디나무. 2004년 5월 10일.

다음은 초피나무인데, 곳에 따라 조피나무, 지피나무, 쥐피나무, 죄피나무라고도 한다. 초피는 기름을 짜는 것이 아니고 양념으로 쓴다. 고추같이 맵고 탁 쏘는 맛이 나기 때문이다. 이 초피나무가 내 고향에는 없었다. 내가 초피나무를 본 것은 영덕 지방의 산에서다. 처음 그 나무를 보았을 때는 난디(분디)나무인 줄 알았다. 나무의 크기며 뻗어난 가지며 잎과 열매까지 조금도 다르지 않았기 때문이다. 초피나무가 어째서 다 같은 경북의 북부지방인데 청송에는 없고 영덕에는 있는가? 사람들 얘기를 들으니 초피나무는 바다가 가까운 산에만 있다고 한다. 바닷바람을 맞아야 이 나무가 산다고 하는데 정말 그런지 모르겠다. 그렇다면 평안도나 함경도 바닷가 산에도 초피나무가 있어야 할 터인데, 북녘에는 없는 줄 안다.

분디나무와 초피나무가 아주 비슷해서 알아보기 어렵다고 했는데, 쉽게 구별하는 방법이 있다. 잎이 나 있을 때는 그 잎을 따서 잎에 넣어보면 된다. 분디는 분디만 가지고 있는 독특한 냄새가 날 뿐이지만, 초피는 맵고 톡 쏘는 맛이 난다. 그리고 열매가 맺었을 때는 그 열매를 맛보아도 그렇다. 만약 겨울이나 이른봄이 되어 잎도 열매도 없을 때는 가지에 돋아나 있는 작은 가시를 살펴볼 일이다. 분디나무는 가시가 하나씩 어긋나 있지만, 초피나무는 두 개씩 마주나 있다.

이런 사실을 모르는 사람은 책으로 아무리 애써 알려고 해도 이 두 나무를 구별할 수 없다. 두 나무를 잘 알고 있는 나 같은 사람도 사전에 나와 있는 나무에 대한 설명을 읽으면 그만 뭐가 뭔지 머리 속이 뒤죽박죽으로 되고 마니 말이다. 모든 우리 말 사전이 그렇고, 식물사전이고 백과사전이고 도감의 설명이 죄다 그렇게 되어 있다. 무엇보다도 설명해 놓은 말이 어려운 한자말로 되어 있어서도 그렇지만, 같은 나무를 말해 놓은 것이 다르고, 또 모든 사전에서 우리 말 나무 이름을 쓰지 않고 산초라는 한자말을 표준으로 해 놓았기 때문에 어떤 사전에서는 분디나무를 산초나무라 했는데 다른 사전에서는 초피나무를 산초나무라고 했다. 이것 한 가지만 보아도 학생들이 방안에서 책으로 자연 공부를 한다는 것이 얼마나 머리만 썩힐 뿐인 바보 같은 짓인가를 알 수 있다.

앞에서 산초란 말이 또 일본말을 따라가는 말이라고 했는데, 그 얘기를 좀 하고 싶다. 벌써 10년쯤 지난 일인데, 우리 아이가 이 근처에 조그만 농산물 가공 공장을 차려서 그 제품을 가락동 시장에도 보내고 더러는 일본에도 보내고 했을 때다. 한번은 일본 사람이 찾아와서 어떤 나뭇가지를 보이면서 이런 나무가 이 근처 산에 있는가 묻더란다. 그것은 분디나무였기에 아, 그런 나무는 얼마든지 있다면서 그 일본 사람을 데리고 가까운 산에 가서 분디나무를 보여주었더니, 그 일본 사람이 잎을 뜯어 코에 대어보고는 머리를 절레절레 흔들면서 아니라고 하더란 것이다.

"이거 산쇼오(山椒) 아닙니다."

하고는 자기가 가져온 나무의 잎을 뜯어서 한번 냄새를 맡아보라고 하는데, 코에 대어보았더니 그것은 분디나무가 아니고 초피나무였다. 그래서 여기는 그 나무가 없지만 다른 데 가면 있다고 했더니 그 열매를 따 모을 수 있는 대로 모아 달라고 해서 그렇게 약속을 했다. 그 뒤로 초피를 따러 다녔는데, 지리산에도 초피나무가 있었고, 내 고향 청송에서도 1천 미터가 넘는 보현산에는 초피나무가 있어서 그 열매를 두 트럭이나 모아서 일본으로 보냈다. 지리산이나 보현산은 바닷가에 있는 산이 아닌데 어째서 초피나무가 있을까? 아주 높은 산이라면 바다에서 좀 멀리 있어도 바닷바람을 맞을 수 있어서 그런지도 모르겠다.

일본말 사전에는 그 어느 사전에도 '산쇼오(山椒)'나무만 올려 있는데, 그것은 우리가 초피나무라고 하는 나무인 것이 분명하다. 그래서 일본말과 일본글이 우리 나라에 들어오고부터는 그만 '산쇼오' 곧 산초나무가 그대로 초피나무라고 알려져 버렸다. 그러나 거의 모든 사람들은 실제로 분디나무와 초피나무를 구별할 줄 모르고, 또 초피나무보다 분디나무가 더 널리 각 지방에 있으니 그만 산초란 것이 분디로 되기도 하고 초피로 되기도 해 버렸다.

일본에서는 '산쇼오' 곧 초피나무만 있고 분디나무는 없는가? 일본은 섬나라가 되어서 아마도 초피나무가 많을 것이다. 어쩌면 분디나무는 없는지도 모르겠다. 그 까닭은, 사전에서 '산쇼오'를 설명하면서 그와 비슷한 나무가 있다는 말은 어느 사전에도 적혀 있지 않기 때문이다. 가령 분디나무가 있다고 하더라도 아무데도 쓸모가 없는 나무라 사람들이 그 나무 이름조차 모르는 듯하다. '이누산쇼오'(개산초)란 나무가 있는데, 그것이 우리 나라에 있는 분디나무인지 모른다. 우리는 옛날에 분디 기름을 등잔불로 소중히 썼기에 분디나무를 귀하게 여겼지만, 일본은 사방이 바다가 되어서 바다에서 잡은 고기 기름으로 얼마든지 등불을 켤 수 있었을 것 같다. 그래서 산에 있는 나무 열매를 따서 기름을 짤 필요가 없었을 것이고, 따라서 분디나무 같은 것은 그 이름조차 '이누산쇼오'(개산초)라고 해서 거들떠보지도 않았던 것이 아닌가 싶다.

최근에 어느 일본의 문학작품을 우리 말로 옮겨 놓은 책을 읽었더니 거기 산초나무가 나왔다. 원문은 보나마나 '산쇼오(山椒)'를 그대로 따라 써 놓은 것이다. 우리가 한자말을 쓰게 되면 이렇게 해서 자꾸 일본말을 따라가게 되고, 그래서 초피나무는 산초나무가 되고, 그런데도 실제로는 초피나무가 어떤 나무인지 모르니 거의 모든 사람이 분디나무를 산초나무라고 알고 있다. 이런 말의 혼란을 일으킨 책임은 죄다 글을 쓰는 사람들이 져야 할 것이다.

제2부

자연과 어울려 사는 길

까치 이야기

지금 나이가 40대 이상으로 되는 사람들이 가끔 눈앞에 그리게 될 고향은 어떤 풍경일까? 아마도 대개는 포근한 산자락에 안겨 있는 초가집(또는 슬레이트집)들이 있고, 마을 앞에 냇물이 흐르고, 냇가에는 버드나무나 미루나무가 줄을 지어 있을 것이다. 그리고 그 나무들 위에는 까치집이 여기저기 매달려 있을 것이다. 까치집이 있는 풍경은 우리 모두의 고향이다.

김녹촌 선생의 동요에 〈까치집〉이 있다.

까치집 까치집 흔들리는 집
흔들리는 방에는 까치 병아리
바람에 흔들리며 잘도 크지요.

까치집 까치집 하늘 속의 집

흔들리는 방에는 아기 까치들
구름에 입맞추며 노래하지요.

　하늘 위에 집을 지어 놓고, 바람에 흔들리면서 노래하고, 구름을
쳐다보고 별을 바라보면서 자라나는 까치 아기들, 이 얼마나 아름다
운 자연의 모습인가!
　새들의 둥지가 모두 예술품이라 할 만하지만, 까치집은 그 가운데
서도 가장 뛰어난 건축물이다. 그 딱딱한 막대기를 입에 물고 어떻
게 그런 집을 지을까? 까치집 한 채 짓는 데 나뭇가지가 1천 1백 개
쯤 들어간다고 한다. 집짓기는, 이르면 2월 초부터 시작하는 줄 알
았는데, 올해 우리 마을에서는 고욤나무에 있는 묵은 집을 크리스마
스 전에 벌써 나뭇가지를 물고 와서 수리하는 것을 보았다. 새로 지
을 경우 두 달이 꼬박 걸리기도 하지만, 늦게 시작해서 한 열흘 사이
에 완성하는 수도 있다. 집짓기에 한창 바쁠 때는 먹는 것도 잊어버
리는 것 같다. 하루 50개를 날라도 스무 날을 쉬지 않고 해야 1천 개
가 된다. 저렇게 해서야 하루 겨우 10개를 물어 나를 수 있을까 싶을
정도로 힘들게 짓는 까치집도 보았다. 한번은 짝 한 마리가 긴 막대
기를 물고 왔는데, 기다리던 짝이 그 막대기를 같이 이쪽 저쪽 끝에
서 물더니 한참 애써서 그 중간을 뚝 부러지게 했다. 어느 아파트 마
을에 있는, 가맣게 쳐다보이는 높은 굴뚝 위 철근 사닥다리에서 그
런 어려운 공사를 하였던 것이다.

까치집에서 까치가 떠나 버려 빈 둥지가 오래 되면 땅에 떨어지기도 하는 모양이다. 녹촌 선생은 그것을 두어 번 주워본 적이 있다고 했다. 둥지 안을 들여다보았더니 알자리가 온갖 보드라운 것들을 다 물어다가 머리칼로 포근하게 얽고 다져 놓았더라는 것이다. 그렇겠지.

까치집 재료로는 나뭇가지뿐 아니고 무슨 넝쿨이나 철사 동강이까지도 쓴다. 이곳에서 서울 가는, 충청도와 경기도 경계가 되는 길가에 좀 희한한 까치집을 보았다. 나뭇가지를 걸쳐 놓을 만한 발판이 아무것도 없는 전봇대 기둥에 까치집이 붙어 있는 것이다. 이상해서 잘 보았더니, 그 둥지 위쪽을 전깃줄이 지나가고 있었다. 그러니까 까치 둥지가 전깃줄에 매달려 있는 것이다. 그래도 그렇지, 어째서 저게 와르르 떨어지지 않고 매달려 있나 싶어서 가까이 가서 쳐다보았더니 그 까치집 재료에는 포도 넝쿨이 많이 들어 있었다. 그 근처 일대가 포도밭이었다.

까치집은 소나무와 감나무에 지어 놓은 것을 보지 못했다. 소나무는 가지마다 바늘 같은 잎이 꽉 돋아나 있어서 그럴 것이고, 감나무는 가지가 부러지기 쉬워서 안 짓는 것이라 생각된다. 그런데 녹촌 선생은 소나무와 잣나무에 지어 놓은 까치집을 본 적이 있다고 했다.

어미가 새끼를 나 키워서 밖으로 나가게 되면, 그때부터 까치들은 집을 버리고 아무데나 날아다니면서 잔다. 자라난 새끼들은 늦가을

무너미 마을 나뭇가지에 걸려 있는 정겨운 까치집. 2004년 5월 10일.

부터 초겨울까지 짝을 맞추게 되고, 그리고 곧 집을 짓게도 된다. 까치집은 새끼를 낳아 키우려고 한 것이었고, 새끼들이 다 크면 집 같은 것은 조금도 애착이 없이 버린다. 그리고는 다음해에 또 새집을 짓는다. 헌집을 고쳐서 쓰기도 하지만 대개는 새로 짓는다. 새집은 묵은 집 위에다가 짓기도 하는데, 이래서 까치집이 삼층이나 되는 수도 있다.

까치가 전봇대에 붙어서 올라가는 재주를 부리는 것을 본 아이가 있어 이렇게 시로 썼다.

까치가 전봇대 저 꼭대기로
걸어서 올라간다.
발가락을 오므리고
한 발 한 발……
"어, 저기 좀 봐라. 떨어지지 않네."
까치는 아기 걸음마 하듯
조심조심 올라간다.

다 올라갔다.
새가 저럴 수도 있구나
야, 신기하다.
자기는 올라가고 싶으니까

그런 마음에
자기도 모르게 용기가 생겨서
올라가는 것 같다.
보통 새는 겁먹고
자기가 한다는 걸
모르고 못 올라간다.

용기를 가지면 나도
철봉을 할 수 있다.
　　　―제목 〈까치〉. 2001. 12. 11. 강원도 양양 오색초등학교 3년 하지연

　닭이 소나무에 올라가는 것을 우리 아이들이 보았다고 하는데, 두 날개를 치면서 한 발씩 올라가더라고 했다. 이 시에 나오는 까치도 아마 그랬겠지. 그런데 이 아이는 이 까치를 보고 한 가지 크게 배웠다. "보통 새는 겁먹고" 못하는데, 이 까치는 용기가 있어서 해냈다. 나도 "용기를 가지면" "철봉을 할 수 있다"고 기뻐한 것이다. 자연은 이래서 아이들에게 훌륭한 스승이 된다.

　다음은 33년 전에 어느 아이가 쓴 〈까치 새끼〉란 제목의 시다.

　까치집을 떠니
　새끼가 세 마리 있다.

한 마리 가주 가니
까치 어미가 깩깩깩객
하면서 어쩔 줄을 모른다.
나무를 막 쫓는다.
어미도 불쌍하고 새끼도 불쌍해서
갖다 놓고 왔다.

—경북 안동 대곡분교 3년 백석현

　내가 어렸을 때도 아이들은 이런 장난을 했다. 나무에 올라가 새끼를 꺼내면 어미가 미친 듯이 둘레를 날아다니면서 울부짖고, 나무를 마구 쪼고 한다. 이 아이는 까치가 불쌍한 마음이 들어서 도로 올라가 새끼를 넣어 놓았다. 어린이다운 고운 마음은 이렇게 해서 자연 속에서 배우는 것이다.

　그런데 요즘은 아이들이 이런 장난을 할래야 할 수 없다. 어느 곳 어떤 나무에 지어 놓은 까치집도 아이들이 올라가서 부러지지 않을 만큼 굵은 가지에 지어 놓지는 않았기 때문이다. 죄다 가느다란 가지에다가 지어 놓아서, 아무리 어린아이가 올라가도 곧 부러지게 되어 있다. 까치집만 보아도 영악하게 살아온 사람의 역사가 나타난다.

　까치는 주로 우리 나라와 중국에 있다. 일본에는 까치가 없고 까마귀가 많다. 다만 우리 나라와 가장 가까운 규슈 북쪽에만 까치가 있다고 한다. 까치는 우리 옛이야기에도 나오고, 아침에 까치 소리를 들으면 좋은 소식이 있다고 하여 '길조'라 했다. 또 해로운 벌레를 잡아먹는다고 '익조'라고도 했다. 우리 말 사전에는 '나랏새'(국조)라고 적혀 있다.

이렇듯 이 땅에서 최고의 대우를 받아온 새가 얼마 전부터 갑자기 그 영광의 자리에서 끌려 내려와 그만 지옥의 구렁텅이로 떨어지고 말았다. 사람들은 까치에게 선전포고를 했다. 까치 한 마리에 5천 원의 현상금이 걸리고, 누구든지 타살, 독살, 총살의 형을 집행할 수 있게 되었다. '길조'가 하루아침에 '흉조'로 되고, '익조'가 '해조'로 되고, '나랏새'고 뭐고 간 곳 없어졌다. 어느 은행의 건물과 통장에서 자랑스러운 상표로 날고 있던 까치도 흔적 없이 사라졌다.

몇천 년 동안 찰떡처럼 사이가 좋았던 사람과 까치가 갑자기 서로 원수가 된 까닭이 무엇인가? 사람들은 모두 까치가 사람을 해치는 새로 바뀌었다고 한다. 그러나 까치가 나쁘게 되었다면 사람이 까치를 그렇게 만든 것이다.

까치가 사람의 적이 된 까닭은 두 가지다. 곡식을 먹는 것과 전봇대에 집을 지어서 전기사고를 낸다는 것. 그런데 곡식을 먹을 수밖에 없다. 산이고 들이고 온통 농약을 뿌려서 벌레가 없어졌으니 무엇을 먹겠는가? 요즘 까치는 배춧잎까지 먹는다. 또 농촌에서 사람들이 약으로 총으로 잡기만 하니 할 수 없이 도시 근처로 가게 되고, 그래서 전봇대나 높은 굴뚝 위에라도 집을 짓는 수밖에 없다. 이렇게 내몰리기만 하는 까치를 전쟁으로 다 죽여 없애면 어찌 될까? 사람들은 그 다음에 또 다른 날짐승이나 산짐승을 상대로 전쟁을 하겠지. 그래서 모든 짐승을 다 없애고 나면 그때는 사람끼리 서로 잡아먹는 판이 될 것이다. 이것이 자기만의 이익을 생각하는 사람이 가지 않을 수 없는 길이다.

그러니 까치를 상대로 전쟁을 하는 이 치사스러운 짓거리를 그만두어야 한다. 적어도 '생각'이란 것을 가지고 있는 사람이라면, 까치도 살고 사람도 사는 길을 가야 한다. 모든 목숨이 함께 어울려 사는 길이 사람이 살 수 있는 길이다. 농사를 짓더라도 농약을 안 뿌리면 된다. 우리 아이들은 벼 농사고 고추 농사고 약 안 뿌리고 잘도 하고 있다. 그리고 까치집 뜯느라고 월급쟁이들이 장대 가지고 돌아다니지 말고, 현상금으로 까치를 멸족하려고 핏발을 세우지 말고, 그런 데 드는 노력과 비용의 10분의 1만 들여도 쉽게 해결하는 방법이 있으니 이렇게 해보라. 도시 근처 마을 여기저기에 까치들이 쉽게 집을 지을 수 있는 전봇대 비슷한 콘크리트 기둥을 세우는 것이다. 기둥 위쪽 몇 군데에다가 나뭇가지 비슷한 것을 만들어 놓으면 까치가 즐겨 둥지를 만들 것이다. 이렇게 하면 사람과 자연이 함께 살아가는 아름다운 도시 풍경이 될 것이고, 어쩌면 이것이 외국 사람들에게 좋은 구경거리가 되어 관광 수입까지 올리게 될 수도 있다. 돈벌이 같은 것부터 생각하는 것은 좋지 않지만, 아무튼 짐승이고 뭐고 마구 잡아죽이는 이 죽임의 놀음판은 걷어치워야 하겠다.

병아리의 죽음

며칠 전 일이다. 벼를 벤다고 해서 한낮이 다 되어 나가 보았다. 옛날 같으면(15년 전만 해도) 온 식구가 나가서 일꾼들과 같이 낫으로 벼를 베고, 묶고 나르고 하면서 점심밥은 논바닥에 둘러앉아, 따스한 햇볕 아래 메뚜기가 톡톡 튀는 소리를 들으면서 먹었는데, 요즘은 기계가 다 하니 벼를 거두는 논에는 기계를 부릴 사람 하나밖에 없다. 나는 정우(장남)가 마치 이발사가 머리털을 깎는 것처럼 기계로 논바닥의 벼를 깎아 나가는 것을 높은 언덕에 앉아 신기한 듯 바라보았다. 올해는 여름 중간부터 잇달아 비가 오고 구름이 하늘을 덮어, 가을에 단풍이 들 때까지 해가 난 날이 얼마 되지 않았다. 그러다가 며칠 전에 갑자기 추워져 얼음이 두껍게 얼었다. 그래서 채 여물지도 못한 벼가 그대로 말라서 빛깔도 이상하게 되었다. 벼 베는 기계가 지나간 뒤에 눕혀져 있는 볏짚들이 멀리서 보아도 푸르죽죽하다. 아마도 소출이 평년의 3분의 1은 줄 것이 분명하다.

신문을 보니 중국도 날씨가 좋지 않아서 벼농사가 잘 안 되었다고 한다. 날씨가 해마다 괴상하게 되어가는데, 이대로 가면 몇 해 뒤에는 어찌 될까? 그런데 걱정하는 사람이 없다. 내가 하늘 걱정하면 사람들은 '걱정도 팔자다'고 비웃는다. 사람의 목숨줄이 하늘에 달려 있는데, 그 목숨줄을 스스로 끊고 있으면서 그 사실을 모르고 있으니 그럴 수밖에 없다. 나는 예언자도 과학자도 아니지만 하늘이 달라졌고 달라져 가는 것은 알고 있다. 하늘을 보면 사람의 앞날이 보인다.

벼 베는 기계가 논바닥을 돌고 있는 것을 바라보면서 마른 바랭이 풀을 깔고 앉아 이런 생각을 하고 있는데, 어디서 자꾸 삐약삐약 하는 병아리 소리가 들려왔다. 논 위쪽 오리장에 함께 있는 닭이 알을 품는다더니 이제 깨어났구나 싶었다. 이 추위에 어떻게 키우려고 깠나?

그런데 점심때가 되어 기계에서 내려온 정우한테 병아리 걱정을 했더니 뜻밖에도 이런 이야기를 했다.

"오늘 아침 논에 왔더니 어디서 병아리 소리가 자꾸 나요. 소리 따라 갔더니 도랑 바닥 풀 속에 병아리가 여러 마리 있는데, 우리 병아리가 아니라요. 그런데 저쪽 언덕 위에서도 병아리 소리가 나서 올라가 봤더니 바로 개 기르는 집에서 병아리를 상자로 사났어요. 물어보니 삶아서 개 줄라고 사왔다 해요. 500마리씩 들어 있는 상자를 24상자 샀다니까 모두 1만 2천 마리지요. 그 병아리 상자를 차에서 내리고 옮기고 할 때 병아리들이 더러 튀어나오고 떨어지고 했겠지요. 그 중에서 벼랑으로 굴러 떨어진 것도 있어서 밤새도록 마른 풀 속에 들어가 죽지 않고 견딘 겁니다. 글쎄 아무리 돈벌이가 좋다지만 어디 이럴 수가 있나 싶어 막바로 그 개 집주인 젊은이한테 내 생각을 말했더니 대답이 이래요. 약한 짐승이 강한 짐승에 잡아먹히는 것은 당연하다고요. 기가 막혀 더 말을 안하고 왔어요."

다음날 벼를 거두는 데 또 나가서 보다가, 쉴 참에 기계에서 내려온 정우한테서 어제 그 병아리 뒷이야기를 들었다.

"오늘 아침 닭장에 갔더니 병아리 두 마리(추워서 못 기른다고 알을 두 개만 품게 했던 것)가 죽어 있고, 어미 닭은 보이지 않았어요. 너구리가 물고 갔구나 싶었어요. 그런데 논으로 가는데 도랑 바닥에 어미 닭이 있어요. 거기서 병아리를 여러 마리 품고 있어요. 하, 그놈이 참! 밤중에 닭장에서 제 새낄 품고 있는데, 어디서 자꾸 병아리 우는 소리가 나니까 그만 그 소리나는 데를 가서 도랑 바닥에 울고 있는 양계장 병아리들을 모두 품어 안고 밤을 새운 거지요. 그래서 정작 제 새끼는 영하로 내려간 추위에 얼어죽었어요. 할 수 없이 어미 닭과 그 병아리들을 안고 와서 닭집에 넣어뒀어요."

나는 이 말을 듣고 사람보다 닭이나 개와 같은 짐승들이 얼마나 더 높고 아름다운 자리에 있는가를 새삼 생각했다. 내가 아주 어렸을 때 닭 둥우리에서 어미 닭이 품고 있는 갓 깨어난 병아리를 꺼내어 두 손으로 안아보고 그 보드랍고 귀여운 모습에 얼마나 놀라고

52

병아리를 품었던 닭들. 2004년 5월 10일.

마음이 사로잡혔는지 모른다. 이 세상에서 생명의 신비스러움과 아름다움을 처음으로 만난 것이 그 병아리를 본 순간이었다. 우리가 아이들에게 생명이 존엄하다는 것을 어떻게 가르칠 수 있을까? 말만으로는 결코 안 된다. 다만 그것을 보여주고 느끼게 해야 한다. 그런데 병아리를 수백 수천 마리씩 한꺼번에 가마솥에 넣어 끓이는 짓을 예사로 하는 어른들이 아이들에게 무엇을 가르치고 무엇을 물려주겠는가? 사람의 앞날이 무섭기만 하다.

고양이는 어떻게 살고 있는가

지금 내가 살고 있는 집 옆에는 아주 허물어진 빈집이 있다. 내 방으로 들어오는 난방 배관이 그 옆집 담 밑(거기가 우리 땅이어서)으로 지나가도록 되어 있어서 거기가 좀 따뜻할 수밖에 없다. 그래서 겨울이면 마을의 도둑고양이들이 죄다 그곳에 모여 와서 밤을 새웠던 모양이다. 나도 몰랐는데 벌써 몇 해째 그곳이 고양이들에게 겨울을 나게 하여 목숨을 보전하게 하여 준 곳으로 되어 있었다는 것을 며칠 전에야 알았다. 그 배관에서 열이 밖으로 나가는 것을 막는 시설을 하고 나서 정우(장남)가 고양이 이야기를 한 것이다. 덕택으로 난방비가 적게 들게 되었지만, 앞으로 추운 겨울밤을 고양이들이 어디서 어떻게 새우게 될까 생각하니 마음이 가벼울 수가 없었다.

"몇 마리나 되나?"

"다섯 마리요."

"아직도 다섯 마리나 살아 있었구나."

"플라스틱 관을 싸 덮어 버리고 나서 그것들이 어디서 자나 했더니, 왜 그 집에서 소 먹일 때 쓰던 죽통 있지요? 그 소죽통에 들어가자요. 거기가 바람이 안 들어오고, 또 사방 어디서든지 사람이 오는 걸 볼 수가 있어서 마음놓고 자는 모양이라요."

"됐네. 여물통이라면 나무라서 차갑지도 않고, 다섯 마리가 한데 뭉쳐 자면 추위도 견디겠네."

"나무가 아니고 시멘이래요. 콘크리트요."

"뭐? 시멘이라고? 찬 시멘 바닥에 어떻게 자나? 그럼 이렇게 해줘라. 고든박골 밭둑에 부직포 있지? 오늘 그것 좀 떼어 와서 거기 깔아 줘라."

"그런 건 깔아 놓으면 도리어 겁을 내 안 올 건데요."

"그렇잖다. 벌써 새벽이면 영하 6도, 7도로 내려가는데, 그것들 어디서 자겠나?"

이래서 그날 정우가 부직포 조각을 가져와서 거기 깔아주었다. 그런데 다음날 와서 하는 말이 이랬다.

"그럴 줄 알았어요. 고양이들이 자고 간 흔적이 없어요. 그것들이 사람 손 흔적을 알아차리면 절대로 안 온다니까요."

"그럼 어쩌나? 올 겨울 얼어죽게 됐다."

"조그만 전구를 하나 헛간 구석 바닥에 켜 둘까요? 따뜻해서 모여들거라요."

"그거 안 될 거다. 밤에 불이 켜져 있으면 이상하다고 당장 사람이 찾아오게 될 게 뻔하다."

이래서 우리는 고양이들을 위해 아무것도 해주지 못하고 있다.

산짐승 들짐승들에게 겨울은 지옥이지만 더구나 고양이가 그렇다. 먹을 것도 없는 데다가 추위를 별나게 타기 때문이다.

그 옛날 사람들은 고양이를 집에서 길렀다. 고양이도 소나 개와 같이 사람에 딸린 한 식구가 되어 있었다. 고양이는 쥐를 잡으니까 대접을 잘 받아서 방안에까지 들어가고 밥도 얻어먹을 수 있었다. 겨울이면 방안에서도 더 따뜻한 아랫목을 찾고, 밤이면 이불 속에 파고 들어가 자기도 했다. 아이들은 고양이를 안고 잤다. 그러면 아이도 고양이도 따뜻해서 좋았다.

그런데 언제부턴가 사람들은 약을 놓아서 쥐를 잡게 되었다. 쥐가 없어지니 고양이가 할 일이 없어졌다. 약 먹은 쥐를 먹고 고양이들이 자꾸 죽어갔다. 살아 있는 고양이도 사람의 집에서 쫓겨나게 되었다. 이제 농촌에서 고양이를 기르는 집이 없다. 모든 것을 돈으로만 따지게 된 농사꾼들에게 고양이는 아무 소용이 없는 동물이 되고 말았다.

집에서 쫓겨난 고양이들이 갈 곳은 어디인가? 아주 산속으로 들어가 살쾡이가 될 수도 없으니 어쩔 수 없이 사람이 사는 집 근처를 돌아다닐 수밖에 없다. 어쩌다가 사람이 버리는 음식 찌꺼기를 주워먹을 수도 있고, 운수가 좋으면 부엌에 들어가 먹다 남은 밥이나 고기 동강이라도 훔쳐먹을 수 있기 때문이다. 사람들은 이렇게 내

쫓아 버린 고양이를 도둑고양이라 해서 미워한다. 사람에 기대어 살아온 짐승의 비극은 이렇게 하여 고양이족에게도 어김없이 닥쳐 온 것이다.

마을 앞 찻길 옆에 우리 아이들이 음식점을 차려 놓고 있는데, 거기 언제나 고양이 여러 마리가 숨어 다니면서 살고 있다. 밤에는 창고에 들어간다. 창고 안은 아주 썰렁하지만, 그래도 바깥보다는 나은 모양이다. 그런데 2년 넘게 산 고양이가 없다. 죄다 차에 치어 죽는 것이다. 그래도 어찌어찌해서 새끼를 낳기도 하여 아직은 씨가 마르지 않아 두 마리가 남아 있다. 고양이는 교통사고로 죽고, 굶어 죽고, 쓰레기통 속에 들어갔다가 뚜껑을 닫아 버려서 숨막혀 죽고, 한겨울에 얼어죽는다. 그러나, 그렇게 해서 죽는 것보다 훨씬 더 많이 사람한테 잡아먹힌다.

내가 있는 이 조그만 산골 마을에는 날마다 온갖 장사꾼들이 찾아온다. 그들은 차를 몰고 와서 한참 동안 쿵작작 유행가를 틀어 놓기도 하고, 확성기로 한바탕 무엇을 사라고 외쳐 대기도 하는데, 그 가운데는 무슨 먹을거리나 물건을 파는 것이 아니라 짐승을 사겠다고 하는 소리가 가장 자주 들린다.

"개애 삽니다. 염소오 삽니다. 고양이 삽니다. 토끼 삽니다."

한동안 다람쥐 산다는 소리도 들었는데 요즘은 다람쥐 말은 없다. 다람쥐는 보신용 먹을거리로 사는 것이 아니라 외국에 팔기 위한 것이다. 이제 다람쥐를 못 팔게 해서 그런지도 모르지만, 그보다도 다람쥐를 보기가 어렵다. 하도 잡아가니 다람쥐가 없어진 것이다. 그런데, 개나 염소나 토끼는 옛날부터 잡아먹는 짐승이라고 누구나 잘 알고 있지만, 고양이는 사서 어디로 가져가는가? 고양이를 사러 다니는 장사꾼들이 어찌 이 마을에만 오겠는가? 그렇다면 온 나라의 고양이들이 어디로 팔려가서 어떻게 되는 것일까?

정우가 하는 말이 이렇다. 장사꾼들이 고양이 한 마리를 1만 원에 사간다고 한다. 붙잡혀 철망 우리 속에 들어간 고양이는 지방의 도시로 가기도 하지만 거의 모두 서울로 가게 된다. 커다란 철망 우리 속에 수없이 짐짝처럼 쳐넣어서, 서울까지 가는 동안에도 죽기가 예사지만, 죽거나 살거나 같은 값으로 팔리니까 한 철망 속에 될 수 있는 대로 많이 넣게 된다는 것이다. 이렇게 해서 서울 근처에 있는 어느 도시에는 어마어마하게 넓은 가축시장이 있어 전국에서 모인 개들이 그 수를 셀 수 없을 만큼 많고, 개 시장 바로 옆에 있는 고양이 시장에는 개들의 3분의 1만큼 모여 있다고 한다.

"고양이를 잡을 때는 단단한 나무방망이로 머리를 한 대씩 후려쳐요."

"고양이 요릿집이 많겠네."

"그런 거 없어요. 뻔하지요, 뭐. 죄다 개고기 보신탕집에 가요. 개고기와 섞어서 보신탕 만들어요."

정말 염소 소주니 개고기 보신탕은 있어도 고양이 보신탕집이 있다는 말은 듣지도 못했다. 서울이고 부산이고 대구고, 어느 도시 사람도 고양이 고기를 사먹었다는 사람은 없을 것이다. 그런데도 고양이들은 온 나라 마을마다 잡혀가서 어디론가 사라지고 있다. 이 나라에는 고양이를 잡아먹는 유령이 많다.

하늘 그리고 개 짖는 소리

한 출판인의 말이다. 내가 쓴 책 《나무처럼 산처럼》(2002, 산처럼)을 자기가 잘 알고 있는 어느 분에게 선물로 주었더니, "너무 어려워 읽을 수 없었다"고 하더란 것이다.

"저는 아주 쉬운 말로 쓴 책이라 즐겁게 읽었는데, 서울대를 나온 사람이 그런 말을 해서 놀랐어요."

"알 수 없네요. 무엇이 어려웠다던가요?"

"그 사람은 지금까지 하늘을 쳐다본 적이 없답니다. 그러니까 하늘 이야기고 산새 이야기고 알 턱이 없지요."

그런데 "나는 그래도 하늘을 가끔 쳐다보면서 산다"고 하는 사람도 그 하늘을 어느 정도로 알고 있을까? 내가 그 책에서 쓴 하늘과 구름 이야기는 3년 전에 본 것이다. 그동안에 하늘은 또 달라졌다. 지난해의 하늘은 여름 중간부터 늦가을까지 언제나 흐리고, 온종일 안개 같은 것이 산천을 덮어, 갠 날은 한 달에 겨우 두세 번, 그것도 하루 개었다 싶으면 다음날은 다시 흐리고, 이틀 이어서 맑은 날은 좀처럼 없었다. 그러다가 겨울 들어서는 아주 딴판이 되었다. 얼마 전에는 맑은 하늘을 열이틀 동안 날마다 쳐다볼 수 있었는데, 하늘 빛도 고와서 옛날의 가을 하늘 같았다. 그리고 한 이틀 눈발이 날리거나 흐렸다가도 곧 개어서 네댓새쯤 맑기가 예사로 되었다. 한겨울에 가을 하늘이라니! 이건 사철이 하늘에서 아주 바뀐 것이다.

그 책에는 또 새우는 소리를 썼는데, 그것도 3년 전 이야기다. 지난해에도 새 소리를 들었지만, 그 책에서 쓴 것처럼 그렇게 푸지고 재미있게 우는 날은 한 번도 없었다. (아하, 뻐꾸기가 우는구나, 산비둘기가 다 죽지는 않았구나, 꾀꼬리도 살아 있었네, 하고 느낄 정도로 울었다.) 올해에는 어떻게 우는지?

짐승들은 아직도 밝은 눈과 귀를 가졌다. 그리고 한없는 정을 가졌다. 하지만 사람들은 짐승들의 눈빛을 읽지 못하고, 그 말을 알아듣지 못한다.

우리 논 옆에 오리장이 있어 아침저녁으로 아이들이 먹을 것을 갖다 주는데, 오리들은 아주 멀리서도 주인의 발자국 소리를 알아듣고 몰려 나온다. 그런데 낯선 사람이 가면 달아나거나 못물에 풍덩 뛰어들어가 버린다. 우리 아이들이 차를 몰고 가도 멀리서부터 알아차리고 객객거리면서 몰려온다. 오리장 옆 언덕길에는 온갖 차들이 지나다니는데, 어떻게 그 많은 차 소리 가운데서 주인이 운전하는 차 소리를 알아낼까? 객객거리는 소리도 주인이 와서 반가워하는 소리

고든박골을 지키는 풍산개 '밥풀때기'(《나무처럼 산처럼1》, 55쪽 참조)가 새끼
들을 낳았다.

와 낯선 사람을 경계하는 소리가 분명히 다를 터인데, 사람의 귀로서는 도무지 구별을 할 수 없다.

풍산개 한 마리가 고든박골을 지키고 있어서, 거기도 날마다 먹을 것을 갖다 주는데, 150미터도 더 되는 먼 곳에서 오는 사람이나 차도 알아차리고 짖는다. 차 소리야 멀리 들리겠지만 걸어가는 사람을 어떻게 알아낼까? 개가 짖는 소리도 알 수 없다. 반가운 사람이 가도 수상한 사람이 가도 짖는 소리는 똑같다.

마을 앞에 개 길러 파는 집이 있어 수십 마리 개가 길가 철책 우리에 갇혀 사람이 지나갈 때마다 무섭게 짖어댄다. 컹컹컹, 캥캥캥, 광광광, 멍멍, 으르렁으르렁……. 온갖 모양의 온갖 개들이 온갖 목소리로 짖어대지만, 나는 그들의 그 말소리를 알 수 없다. 개 짖는 소리를 들을 때마다 나는 사람이 얼마나 짐승의 말을 못 알아듣는 귀머거리가 되어 있는가를 생각하게 되는데, 그것은 벌써 스물 몇 해 전에 어느 개를 만나고부터다. 그 이야기를 하고 싶기에 그때 써 두었던 글을 좀더 정확한 이야기로 다듬어보겠다. 나는 그 개를, 그때 ㅇ시의 한가운데쯤에 있었던 천주교 교구청 안에서 만났다. 그 무렵 나는 가끔 ㅈ 신부님을 만나러 교구청을 찾아갔는데, 매서운 추위가 귀를 에는 한겨울의 어느 아침나절이었다.

커다란 철대문을 열자 개 짖는 소리가 요란하다. 소리나는 쪽을 보니 넓은 마당 저편 건물과 담장 사이에 철책 우리가 있고, 그 안에서 개 한 마리가 펄펄 뛰고 있다. '아무리 짖어봤자 갇힌 놈이 별수 있나. 짖을 대로 짖어라' 하고 나는 마당을 지나서 건물 안에 들어가 간단한 볼일을 마치고 나오는데, 또 그 개는 나를 보고 사납게 짖어 댔다.

이번에는 안에서 나올 사람을 잠시 문간에서 기다려야 할 사정이라 싫든 좋든 개 짖는 소리를 듣고 있을 수밖에 없었다. 내 거동이 수상하다고 여긴 개는 한층 사나워졌다. 울부짖으면서 미친 듯이 길길이 날뛰었다. 괘씸한 놈이다. 제 집에 찾아온 손님을 몰라보다니, 역시 개 짐승이구나. 저런 놈을 풀어 놓았다가는 사람을 닥치는 대로 물겠지. 에라, 가까이 가서 약이나 좀 올려 줄까?

우리 가까이 갔다. 그것은 높이가 내 키만큼 되는, 두 평 가까운 커다란 철책이었는데, 높은 담장과 건물 틈에 있어서 온종일 볕 한 줌 들어올 수 없는 응달이었다. 우리 안을 들여다보니 한쪽 구석에 판자로 된 조그만 '개집'이 놓여 있고, 그 앞에 빈 그릇이 하나, 시멘트 바닥에는 꽁꽁 얼어붙은 똥 무더기밖에 아무것도 없었다.

셰퍼드 종류인 듯했지만 엄청나게 커서 웬만한 송아지만한 그 개는, 가까이 가는 내게 당장 덤벼들 것같이 무섭게 울부짖었다. 쇠창살에 바짝 붙어 나를 노려보다가 훌쩍 뛰어오르고 했다. 미친놈 아닌가? 저러다가 저 굵은 쇠창살도 무서운 이빨로 와장창 깨물어 뜯어 버리고는 나를 덮칠 것 아닌가 싶기도 했다. 정말 그 개는 쇠창살을 물었고, 그것을 지근지근 씹으려 했다. 그러다가 마구 물고 흔들려고 했지만, 어찌할 수가 없다고 깨달았는지 다시 펄쩍 뛰어올랐다. 그러고는 시멘트 바닥에 아주 나동그라져서 몸부림을 쳤다. 끙끙거리면서 이리 데굴 저리 데굴 구르고, 네 발을 하늘로 뻗쳐 마구 흔들어 놀리고 머리를 흔들고 한다.

그 순간 '야, 이놈이 무슨 서커스 흉내라도 내어 보이려는구나' 하는 느낌이 들었다. 그런 느낌이 들고부터 개의 몸짓을 살피고 울음소리를 듣자 지금까지 생각했던 개와는 아주 다른 개가 거기 나타나 보였다. 그것은 수상한 침입자에게 적의를 가지고 해치려고 하는 짐승이 아니라, 사람이 반가워서 어찌할 줄 모르는, 사람과 다름없는 생명이었다. 반가운 사람을 좀더 가까이 하지 못하는 안타까움을 어떻게 해서라도 보여주고 싶어하는 몸부림이었다.

시멘트 바닥을 뒹굴다가 다시 벌떡 일어나 쇠창살을 끌어안고 나를 쳐다보는 그 눈을 나는 가만히 들여다보았다. 눈물에 어린 그 두 눈! 그것은 결코 나를 의심하거나 적대시하는 눈이 아니었다. 무엇을 애타게 하소연하는 눈이었다. 피에 굶주린 맹수의 눈이 아니라, 사랑에 굶주린 외로운 목숨의 눈빛이었다. 이런 확신이 들자 나는 이 가엾은 짐승에게 그의 하소연을 알았다는 내 마음을 전해 주고 싶어졌다.

나는 쇠창살에 바짝 다가섰다. 그러자 또 한 번 시멘트 바닥에 뒹굴던 그는 번개같이 일어나 쇠창살에 바짝 붙어 두 발로 서서 "우오오……" 하는 이상한 신음 같은 소리를 냈다. 나는 조금도 주저하지 않고 손가락 하나를 창살 사이로 내밀어 주었다. (손목 전체가 들어갈 수 없어서.) 그랬더니 아, 그는 미친 듯이 내 손가락을 혀로 핥았다. 입에 넣어 자근자근 깨무는 시늉을 했다. 손가락 끝으로 전해 오는 말랑말랑한 혀의 온기와 매끈거리는 이빨의 따스함이 내 온몸을 덥게 했다. 그는 자신이 기적처럼 만나게 된 이 놀라운 살아 있는 것의 정을 실컷 맛보고 싶어 정신이 없었다. 그리고 그것은 내게 보여줄 수 있는 다시 더 없는 친밀한 정의 표시였고, 그 정을 나타내는 수단의 한끝이었던 것이다.

나는 개의 입에서 손가락을 빼내어 이번에는 그의 발등을 어루만져 주고 콧등이며 머리며 귀를 쓰다듬어 주었다. 손가락 한두 개로 겨우 그렇게 할 수 있었다. 그는 내 손가락을 발로 만지고 입으로 부비고 했다. 그러다가 다시 또 시멘트 바닥에 드러누워 몸을 비틀고 네 발을 허우적거리면서 끙끙거렸다. 누워 있는 저를 쓰다듬어 달라는 것이지만 그렇게 할 수는 없었다. 우리의 문은 굳게 잠겨 있었다. 그는 다시 일어났고, 놓쳐 버릴지도 모르는 내 손가락을 물었다. 아아, 붉은 벽돌집이 쳐다보이는 그늘진 쇠우리 속 얼어붙은 시멘트 바닥에 갇혀 영원한 낮과 밤을 보내야만 했던 이 외로운 목숨에게 따스한 피를 가진 생물이 얼마나 그리웠던가!

이별의 시간이 왔다. 나는 그 자리를 떠나기가 괴로웠다. 개도 단념하는 듯, 벌어져 가는 나를 이제는 짖지도 않고 멍하니 바라보기만 했다. 그것은 모든 것이 제 뜻대로 될 수 없는 삶, 단념만 할 뿐인 갇혀 있는 한 목숨의 모습이었다. 그리고 천만 뜻밖에도 귀한 정을 나눠준 사람에 대한 놀라움과 고마움의 마음을 한껏 나타내는 연기의 극치이기도 했다.

그 뒤 몇 달이 지나서 그 건물을 찾아갔더니 우리 속에 개가 없었다. 한 많은 옥살이를 하던 그 목숨은 끝을 맺었던 것이다. 나는 그 쇠창살 속에 또 다른 목숨이 갇히지 말기를 빌었다.

사람이 이 땅에 함께 살고 있는 다른 산것들의 생명은 생각하지 않고 사람의 권리만 찾아 가지려고 한다면, 그 권리는 사람을 파멸로 이끌게 될 것이다. 이제는 그런 세상이 되어 버렸다.

제3부
개고기 논쟁을 다시 본다

이 글은 지난 연말(2001년 연말—편집자 주)에서 연초까지 있었던 개고기 논쟁을 살펴본 것이다. 진작 내어 놓지 못하고 이제야 발표하게 되었는데, 이 개고기 문제는 한때의 그런 말다툼으로는 결코 풀 수 없는 것이라고 보기 때문이다. 인용한 신문 자료는 《한겨레》, 《시민의 신문》, 《교육희망》 따위다.

1

지난 두 달 동안에 신문지상에서 이어졌던 개고기 논쟁은, 내가 보기로 논쟁이라기보디는 바드로란 여배우의 망언에 대한 한국 지식인들의 비난과 성토였다. 이것을 한 차례 징리해서 살펴보는 것도 유익한 일이라 생각한다. 무엇보다도 이렇게 어떤 한 가지 사건, 더구나 서양의 어떤 사람이 한 말을 가지고 이토록 여러 날 동안 많은 사람들이 매달려 떠들썩하게 논란을 벌인 적이 지금까지 없었기에 이것은 예사로운 일이 아니구나 싶은 것이다. 나는 일간신문으로는 한 가지만 보았지만, 국내에서 발간하는 다른 많은 일간신문들, 주간지들도 죄다 그 여배우를 규탄하는 글들을 실었을 것이다. 그래서 그 모든 신문과 잡지들에 나온 개고기 논쟁문들을 죄다 모으면 아마도 책으로 몇 권 분량은 되겠지 생각하니 이것은 그냥 넘어갈 일이 아니구나 싶었다. 미국의 빌딩 폭파 사건과 아프가니스탄 전쟁말고는 최근에 이토록 우리 지식인들이 관심을 가지고 열중한 사건이 없었다. 초등학생이 아파트에서 투신자살을 해도 한 사람도 그 사건을 가지고 교육 문제를 걱정하는 글을 쓴 것을 보지 못했다. 그런데 개고기 먹는 사람을 야만인이라고 한 그 말 많은 사람들의 심기를 깊이 건드려 그만 벌떼같이 일어났다. 이걸 어떻게 생각해야 하나?

나는 요즘 미국의 대통령이란 사람이 언제 또 이 땅에 미사일을 쏘아 퍼부을지 모르는 말을 미치광이처럼 해대는 데 대해 정말 우리 지식인들이 모두 일어나 소리를 높여 성토를 해야 하지 않겠나 싶은데, 그 부시란 사람은 무시무시한 힘을 가지고 있어서 겁이 나 감히 말을 못하고, 그까짓 배우 노릇이나 하는 여자쯤이야 얼마든지 해댈 수 있다고 그러는지, 아니면 예술의 나라 프랑스에서도 배우라니, 그런 유명 서양인을 상대로 한마디하는 것도 빛나는 일이겠다 싶어 그러는지, 하는 생각까지 들지만, 설마 그렇지야 않겠지. 아무튼 이렇게 개고기 먹는 것 가지고 신문이고 방송이고 온통 난리를 치는 것은 좀 생각해 보아야 할 일이다. 이것이 우리 나라 사람들의 한 정신 풍경이 아닌가 싶은 것이다. 그렇다. 우리들 정신의 그 깊은 밑바닥에 이 개고기를 먹는 데 대한 뭔가 떳떳하지 못한 그 무엇이 있는 것 아닌가? 그렇지 않고서야 이렇게 모두 약이 오를 수 없는 것이다. 그까짓 서양 여자 한 사람이 돼먹지 않은 소리했다고 해서 이토록 떠들썩할 것이 무엇인가. 나라 안에서만 해도 온갖 큰 일들이 산처럼 쌓였는데!

2

날짜를 따라서 보니 《교육희망》(12월 12일)에 실린 진중권 씨의 글 〈브리지트 바르도〉가 맨 처음 나온다. 이 글은 바르도라는 여배우의 본색을 잘 보여준다. 남편이 프랑스의 극우파로 인종차별주의자라 했다. 그러니 그 부부가 똑같은 성향의 사람인 것이다. 내가 또 듣기로는 그 바르도가 개를 백 마리도 넘게 기른다든가, 수백 마리를 기른다든가, 아무튼 별난 사람인 모양이다.

여기서 개나 고양이 같은 동물을 기르는 일과 생명 사랑의 문제를 생각하게 되는데, 내가 알고 있는 한 교수는 누가 기르다가 내버린 병든 거위 한 마리를 데리고 가서 기르고, 또 버림을 당한 강아지도

두 마리 주워와서 기른다. 신문에 보니 어떤 사람이 서울 거리에 버려져서 헤매고 있는 개들을 주워와서 수십 마리나 돌보면서, 누구든지 데리고 가서 잘 돌봐주고 키울 사람은 가져가기를 바란다는데, 그 사람은 부자가 되어서 그러는 것도 아니었다. 나는 이런 사람들이 참으로 착하고 훌륭한 사람이라고 본다. 정말 목숨을 사랑하는 사람이 아니고는 이럴 수 없는 것이다.

그런데 요즘 아파트에서 개를 데리고 사는 사람들은 어떤가? 모조리 다 그렇다고는 할 수 없는지 모르지만 아무튼 내가 보기로는 거의 모두 그 개를 한 생명체로 대접하는 것이 아니라 한갓 장난감으로 여겨서 다루고 있다. 개를 안고 자고, 화장을 시키고, 옷을 입히고, 차를 태워 다니고……. 이런 짓거리는 우선 개라는 동물의 그 본성을 짓밟는 것이고, 또 바로 이웃과 길거리에 날마다 만나게 되는 가난한 사람들, 굶주리는 사람들 속에서 사람답게 산다면 도무지 이럴 수가 없는 것이다. 이것은 동물 사랑이 아니라 동물 학대요, 인간 멸시, 동족 멸시의 극단으로 된 뻔뻔스런 이기주의다. 그러니까 강아지를 기르다가 싫증이 나면 내 버리고, 늙었다고 내 버리고 한다. 그것들이 생명이 아니라 한갓 장난감이니 그렇게 될 수밖에 없다. 이것이 오늘날 도시 사람들이 취미 생활 가운데 하나로 크게 차지하고 있는 애완동물 사육바람의 실상이다.

나도 짐승을 좋아한다. 강아지고 고양이고 병아리고 도야지고 염소고 송아지고 짐승만 보면 가까이하고 싶고, 그들이 내 친구요 형

제란 생각이 든다. 그런데 철이 좀 들고부터는 그 짐승들을 한번도 한 집이나 한 방에 두고 기른 적이 없다. 그 짐승들을 학대하지 않고서 한 식구로 데리고 살아갈 자신이 도무지 없는 것이다. 이렇게 되면 내가 또 너무 내 몸만 생각해서 살아가는 이기주의자가 되어 버린 것이 아닌가 하는 느낌도 들지만, 아무튼 나는 나대로 이런 글도 쓰고 해서 할 일이 있기에 그렇게 좋아하는 고양이나 개 한 마리쯤 보살피는 일도 못하고 있는 것이 사실이다.

그런데 개나 고양이나 또 그밖에 무슨 짐승을 학대하지 않고 잘 기르는 사람을 보면 참 부럽다. 이런 사람들은 모두 그 마음이 그럴 수 없이 착하다. 이런 사람들과, 동물을 장난감으로 귀여워하면서 데리고 있는 사람을 똑같이 보아서는 안 된다. 앞의 사람은 정말 생명을 생명으로 존중하는 사람이지만, 뒤의 사람은 생명을 아무렇지도 않게 생각하면서 짓밟기를 예사로 하는 사람이다.

브리지트 바드로란 사람은 어느 쪽일까? 분명히 뒤의 사람이다. 그가 자기 나라 사람들이 동물을 학대하고 죽이는 것은 말하지 않고 한국 사람이 개 잡아먹는다고 비난하는 것은 분명히 사람을 차별하는 말이다. 진중권 씨가 쓴 글에 "서구에서 여름휴가를 갈 때 사람들은 맡아줄 사람이 없다고 자기가 기르던 개를 그냥 길에 풀어 놓는 경우가 있다. 그리하여 휴가철만 되면 집에서 쫓겨난 개들이 도시를 배회하다가 잡혀, 보호소로 보내졌다가 주인이 나타나지 않으면 집단으로 도축된다. 내가 본 것은 가스실에서 독가스로 집단적으로 학살당한 개들의 시체가 산더미같이 덤프트럭에 가득 실려 있는 장면이었다"고 하여 바로 눈으로 본 이야기를 쓴 대문이 있다. 이런 사실을 바르도가 모를 리가 없다. 사람을 차별하는 사람이 동물을 진정으로 사랑할 수 없다. 그가 개를 좋아하는 것은 그 개가 장난감이 되어주고 위안물이 되어주기 때문이다. 마치 개를 안고 다니는 사람들같이. "백 마리도 넘게 기른다는데, 그걸 보면 진정이 아닌가?" 할는지 모른다. 그러나 사람의 이기심이란 참 별난 변태로 나타나기도 하는 것이다. 필리핀 독재자의 부인은 구두가 몇백 켤레라고 했지.

"브리지트 바드로의 개 사랑은 인간 멸시와 동전의 양면이다. 유대인을 수백 만씩 학살한 히틀러도 개 사랑 하나는 각별했다."

역시 진씨의 글 한 대문이다. 그러니까 히틀러고 바르도고 그밖에 어떤 사람이든지 개를 장난감으로 귀여워하는 사람은, 사람도 그와 같이 대한다. 자기한테 조금이라도 만만하다 싶으면 장난감으로 희롱하거나 학대하게 되는 것이다. 개를 사랑한다는 바르도가 한국 사람들을 모욕한 말은 이렇게 풀어야 한다고 본다.

그런데 진씨가 쓴 글에, 개고기 식용에 반대하는 논증에 두 가지가 있다면서 그 하나로 바르도처럼 "우리는 개고기 안 먹는데, 너희들은 왜 먹어, 이 야만인들아" 하고 대드는 무식한 방식. 곧 자기들 문화를 중심에 두고 논증하는 덜 떨어진 방식이고, 다른 하나는 좀 더 점잖은 것으로 '생명 중시' 혹은 '동물 보호'의 관점에서 개고기 식용을 반대하는 것이라면서, 이 두 번째 방식에 대해 다음과 같이 덧붙여 놓았다.

　　물론 이 논리의 동기는 순수하지만, 이 논리가 일관성을 유지하려면 사실 모든 육식의 섭취가 금지되어야 한다. 그런데 누가 식단에서 고기를 포기하고 싶겠는가. 게다가 이 세계에서 가장 많은 육식을 섭취하는 대륙은 유럽과 북미다.

이 말에서 나는 좀 다른 생각을 가지고 있기에 말해 보겠다. 첫째로 "이 논리가 일관성을 유지하려면 사실 모든 육식의 섭취가 금지되어야 한다. 그런데 누가 식단에서 고기를 포기하고 싶겠는가"라고 한 말인데, 정말 우리가 깨끗한 몸과 마음을 가지고 올바르게만 살아가려고 한다면 무슨 고기든지 살아 있는 것을 잡아먹지는 말아야 한다. 그렇게 해야 우리 사람들은 앞으로 살아갈 수 있을 것이고 이 지구도 죽지 않을 것이다. 그리고 실제로 고기를 아주 안 먹고 곡식이나 채소나 나무 열매만 먹고 사는 사람들이 옛날부터 있었고, 지금도 어느 나라에고 있다. 물론 전체 사람 사회를 볼 때 아직은 고기를 먹는 사람이 많지만 이대로 가면 사람이 먹을 곡식이며 풀을, 고기를 먹기 위해 기르는 짐승들이 다 먹어 버려서 머지않아 사람이 먹을 양식이 모자라 온 인류가 굶주리게 될 날이 올 것이다. 그런 통계가 나와 있는 것도 많은 사람들이 잘 알고 있는 사실이다. 그러니

지금 당장 육식을 금지할 수는 없더라도 적어도 고기를 먹지 않고 살아가는 것을 목표로 해서 우선 사람한테 가장 가까운 동물부터 잡아먹지 않도록 하여 차츰 그 범위를 넓혀가는 것이 좋겠고 그럴 수밖에 없지 않을까 싶다. 물론 사람에 따라서 나라에 따라서 얼마든지 고기를 안 먹는 정도와 범위를 자유롭게 할 수 있을 것이다. 앞으로는 문명이 앞서고 뒤지고 하는 척도를 이 육식의 정도로 재도록 했으면 좋겠다는 생각이 든다.

"생명이라면 나무도 풀도 곡식도 죄다 생명 아닌가?"

이렇게 말할 사람도 있을 것이다. 그러나 사람이 풀잎을 뜯어먹고 나무 열매를 따먹는 것은 목숨을 이어가는 데 어쩔 수 없다. 그것은 산짐승들이 풀을 뜯어먹고, 새들이 열매를 따먹는 것과 다르지 않은 자연스런 행위다. 그런데 호랑이가 토끼를 잡아먹듯이, 매가 작은 새를 낚아채듯이, 사람이 그렇게 다른 짐승들을 잡아먹어서는 안 될 일이다. 그것은 자연의 법칙에 어긋난다. 그 까닭은 무엇보다도 사람은 육식을 하는 동물이 아니기 때문이다. 사람은 풀과 나무의 뿌리며 잎이며 열매 따위를 먹도록 되어 있고, 그렇게 먹어야 몸과 마음이 건강하게 되고, 또 지구 환경을 죽이지 않고 살아갈 수 있다.

경상북도 안동군 임동면 지례1동 길산국민학교에 계시던 때의 모습. 1979년 3월.

지금은 지구 환경이 아주 돌이킬 수 없이 망가져서 사람의 앞날이 꽉 막혀 있는 판이 되었다. 그래서 "고기를 먹지 말자", "고기를 먹어서는 안 된다"는 말이 무슨 태평세월을 살아가는 이상주의자나 할 말이 결코 아니다. 그렇게 듣는다면 그런 사람은 세상을 모르는 사람이다. 이건 우리 인류가 바로 마주치고 있는 아주 다급한 일로, 우리 모두가 살아남기 위해 저마다 능력대로 나날이 실천해야 할 과제가 아닌가 싶다.

그런데 여기에 문제가 있다. 다음과 같이 진씨가 지적한 부분이다. "게다가 이 세계에서 가장 많은 육식을 섭취하는 대륙은 유럽과 북미다." 바로 이것이 문제다. 자본주의가 생겨나고 자본주의를 이끌어 가는 나라들이 모여 있는 두 대륙의 사람들이 고기를 가장 많이 먹으면서 또 온 세계 사람들의 먹을거리를 제멋대로 하고 있는 이 질서가 인류를 파멸로 몰아가고 있는 것이다. 자본주의와 육식, 뭔가 깊은 관계가 있는 것 같다. 자본주의가 육식을 장려하지만, 육식이 자본주의를 낳았는지도 모른다. 그럴 것 같다. 그러니 육식을 그다지 하지 않는 나라 사람들이 아무리 고기 먹지 말자고 해보았자 아무 소용이 없다. 사실 우리 나라만 해도 옛날에는 한 해 동안 소고기 한 번 먹어볼 수 없었던 시골 사람들도 요즘은 옛날에 멸치 사먹는 것보다 더 쉽게 사먹을 수 있고, 또 그렇게 모두 고기를 즐겨 먹는다. 이래서 사람들은 잘살게 되었다는 표적을 다른 그 무엇보다도 고기를 마음껏 먹을 수 있게 되었다는 것으로 삼아서 자랑스러워한다. 이렇게 되고 보면 이제는 고기 많이 먹는 사람이 유럽과 북미 사람이란 말도 맞지 않게 되었는지도 모른다. 고기를 실컷 먹도록 해주는 미국이 하도 고마워서 부시가 이 땅에 불장난을 하고 싶어하는 것도 좋게 봐주는 비참한 사람들이 많이 생겨난 것 아닌가 싶어 서글퍼진다.

3

12월 17일 '한겨레 시평'에는 〈개고기 논쟁과 민초들〉(강수돌 교수)이란 글이 나왔다. 이 글에서도 문화의 상대성을 얘기하면서 바르도가 한 말이 잘못되었다고 했다. 그리고 다음과 같이 쓴 것이 다른 글에서 볼 수 없는 내용이다.

인간이 살아가는 한 동물이나 식물이나 모두에게 폐를 끼친다는 점이다. 먹고 살기 위해서. 그런데 인간이 짐승과 다른 점이 있다면 짐승은 배가 부르면 다른 먹이를 해치지 않지만 인간은 배가 불러도 해친다는 것. 과용을 부려 과식하고 남들 못 먹는 것을 먹었다고 자랑하며 저장 기술까지 개발해 필요 이상으로 쌓아 두기도 하고 돈벌이를 위해 대량으로 키워서 잡아죽인다. 따라서 어차피 우리가 먹어야 산다면 필요에 알맞게 먹으려는 태도가 중요하다.

　바로 이런 점에서 세상 만물은 서로 서로 밥이라는 것을 인정해야 한다. 내가 살기 위해 다른 존재를 먹지만 나도 언젠가는 땅으로 돌아가서 다른 존재의 밥이 된다. 그러므로 내 밥이 되는 다른 존재를 가능하면 덜 해치우고 나도 좋은 밥이 되기 위해 스스로 건강하게 살 일이다. 방부제와 농약투성이의 쌀을 그 누구 맛있게 먹겠는가. 서로가 서로에게 조심스러이 건강한 밥이 되는 관계. 이것이야말로 세상을 '삶의 위기'로부터 건져내는 근본 원리가 아닐까?

　원숙한 삶의 철학이다. 이론으로만 보면 어디까지나 완벽하다. 그런데 문제는 이런 이론을 말하면서도 사람들은 모두 산 것을 잡아먹는다는 것이다. 천적을 허용하지 않고 모든 금수곤충을 잡아먹고 풀과 나무를 베어먹고 뽑아먹으면서 "나도 죽으면 밥이 되어……" 하고 변명한다면 이것은 위선이 될 수밖에 없다.

　그리고 '개고기 논쟁'에서 이런 말은 어떻게 되는가? 개를 잡아먹는 것이 어쩔 수 없다는 말인가? 될 수 있는 대로 먹지 말아야 한다는 말인가? 그 점이 분명하지 않다. 위의 철학대로 말한다면 "내 밥이 되는 존재를 가능하면 덜 해치고" 했으니, 세상에 개고기 안 먹는다고 못 살아갈 사람이 없으니까 마땅히 개를 잡아먹지는 말아야 하고, 그렇게 분명하게 말해야 할 것이다. 만약에 그렇지 않고 바르도의 망언을 반박하기 위해, 곧 "인간이 살아가는 한 동물이나 식물이나 모두에게 폐를 끼친다는 점이다. 먹고 살기 위해서"라고 한 첫머리의 말처럼 사람이 살기 위해서는 개고 소고 무엇이든지 잡아먹을 수 있다는 것을 말하기 위해 그런 말을 했다면 그것은 궤변밖에 안 될 것이다.

그런데 글 앞머리에 써 놓은 다음과 같은 말은 좀 잘못되었다는 느낌을 지울 수 없다.

이미 모두가 잘 아는 '개를 먹는 사람들은 야만인'이라는 주장이 바르도에게서 나왔고 이에 대해 "음식문화는 상대적인 것이기에 문명과 야만을 구분하는 기준이 못 된다"라는 반론이 나왔다. 서양인의 눈에는 "개고기를 먹는 것뿐 아니라 개를 죽이는 과정이 너무나 고통스럽고 잔인"하게 비칠 것이다. 이에 대해 "고기로 먹는 개 종류는 애완견이 아니라 '똥개'이니 걱정하지 않아도 좋고, 개를 오랫동안 때려가며 잡는 것은 단지 고기를 부드럽게 하기 위한 것이지 학대하는 것은 아니다. 너희들도 오리의 부은 간을 먹기 위해 오리를 고통스럽게 하는 것은 마찬가지 아니냐"는 반론이 가능하다.

이 글에서 "고기로 먹는 개 종류는 애완견이 아니라 '똥개'이니 걱정하지 않아도 좋고" 했는데, 애완견은 잡아서 안 되지만 똥개는 잡아먹는 것이 당연하다는 이런 태도는 옳은가? 이 글 마지막에는 "피와 땀과 눈물을 흘려가며 노동하는 사람들은 하루하루가 지옥이며……" 하고 노동자와 농민과 노숙자들 걱정을 했는데, 사람을 차별해서 학대하는 것은 안 되지만 동물은 그렇게 할 수 있다고 보는가? 그렇다면 이런 관점이 만물은 서로 밥이 되어 있는 존재란 생각과 어떻게 이어질 수 있는가?

또 그 다음에 나오는 말이 "개를 오랫동안 때려가며 잡는 것은 단지 고기를 부드럽게 하기 위한 것이지 학대하는 것은 아니다"고 했는데, 이것이 말이 되는가? 아무리 바르도가 돼먹지 않은 소리를 했다고 해도 이런 말을 해서는 안 된다.

4

같은 12월 17일 나온 《시민의 신문》 '시론' 자리에 〈인권(人權)과 견권(犬權)〉(윤도현 교수)이란 글이 실렸다. 이 글 첫머리에는 요즘 월드컵 국내 개최를 앞두고 개고기 논쟁이 한창이라면서 미국·프랑스·독일·영국과 같은 여러 나라의 방송에서 한국의 개고기 음식문화를 주요한 토론 주제로 삼고 있다면서 개고기를 옹호하는 쪽과 비판하는 쪽을 소개해 놓았다. 역시 옹호하는 쪽은 문화의 상대주의 처지에 서 있고, 비판하는 쪽은 문화의 보편주의 처지에 서서 맞서고 있다는 것이다.

그 다음에 글쓴이 자신은 개고기를 좋아하지 않지만 문화상대주의 쪽이 옳다고 본다면서 "그러나 이것은 단순히 서로 문화가 다르면 그냥 무조건 인정해 주어야 한다는 것과는 구분해야 한다", "우리는 그 특정 문화가 해당 사회 사람들의 삶과 어떻게 연결되었는지를 고려해야 하고 따라서 총체적인 시각에서 그 문화를 이해해야 한다"고 하여 문화상대주의를 다음과 같이 설명했다.

마빈 해리스가 《문화의 수수께끼》라는 저술에서 잘 보여주고 있듯이 힌두교인이 암소를 먹지 않는 행위, 중동인들이 돼지고기를 먹지 않는 행위는 각각 해당 지역의 생태학적·경제적 조건 등과 깊은 관계가 있기 때문이다. 따라서 서로 다른 생태학적·경제적 조건 하에서 형성되어 온 음식문화라든가, 의복문화 그리고 종교관 및 제례의식 등을 무조건 우월한 것과 열등한 것으로 단순히 서열화할 수 없다는 것이 문화적 상대주의의 요체다.

발리 섬 사람들은 닭싸움에, 스페인 사람들은 투우에, 태국인들은 물고기 싸움 그리고 미국인들은 사람들 간의 싸움인 권투에 특히 열광한다고 한다. 그러면 권투, 투우를 허용하는 것은 문명적이고 투견은 비문명적인가? 거위를 학대해서 비정상적으로 간을 확대시켜 잡아먹는 프랑스인들은 문명적이고 개고기를 즐기는 한국인, 중국인은 비문명적인가?

문화의 상대주의를 풀이해 놓은 이런 이야기들은 개고기를 옹호하는 사람들이 흔히 들게 되어 있는 것으로, 이런 이론이 잘못되었다고 할 수는 없을 것이다. 이렇게 상대주의를 밝혀 놓은 다음에 이분은 문화의 보편주의를 주장한 어떤 사람의 말을 다음과 같이 비판했다.

한 웹사이트에서 개고기에 반대하는 어떤 네티즌이 "개를 먹는 나라가 세계적으로 많지 않고, 서구의 문물이 세계문화의 중심이 되고 있는 상황을 냉정하게 받아들인다면, 개고기 문화가 가치 없는 문화라는 것을 인정해야 한다"라는 주장을 폈다. 그는 또 같은 글에서 문화상대주의를 완전히 인정한다면 독일의 나치문화를 비판할 수 없을 것이라며 이번 개고기 문제도 그렇게 해석돼서는 곤란하다고 하였다.

서구의 문화를 보편적인 문화로 '전혀 냉정하지 않게' 받아들이는 것도 문제이지만, 우리의 개고기 음식문화와 독일의 나치문화를 동일선상에 놓는 것은 문화적 보편주의와 문화적 상대주의를 혼동하는 것이라는 생각이 들었다.

문화의 보편주의를 믿으면서 우월하다고 보는 서구문화를 따라가는 한 네티즌의 말을 비판한 이런 논리는 어디까지나 옳다. 그런데 아무리 문화보편주의가 잘못되었고, 문화상대주의가 될 수밖에 없다고 하더라도, 무엇이든지 옛날부터 하여온 것은 다 옳기만 할까? 그래서 그것을 지켜 나가기만 해야 할까? 서구 사람들이 살아가는 환경이 시시각각으로 엄청나게 바뀌면서 삶이 위협당하고 인류의 생존이 위태롭게 되어 있는 때에도 전통이라면 무엇이든지 다 지켜 나가야 하는 것일까?

이분은 그 다음에 다시 다음과 같은 말을 이어 놓았다.

세계가 노예제도를 금지하고 무자비한 살육, 고문, 기타 지나친 인권 침해 행위에 대해 비판을 하는 것은 이제 세계적으로 인권 문제라는 가치가 문화적 보편성을 획득했기 때문이다. 하지만 개의 권리, 소나 말의 권리 그리고 거위나 물고기의 권리에 대해서 세계는 아직 합의에 이른 바가 없다.

이런 주장은 얼핏 보아 아주 당연하고 버젓한 말로 받아들여야 할 것 같다. 그러나 이것은 이분이 바로 그 다음에 비판해 놓은, 아프간을 공격한 미국이나 팔레스타인을 폭격한 이스라엘과 같은 나라의 권력자나 자본가들이 매우 환영할 것 같은 생각이 되어 버린 것 아닌가 싶다. 합의라고 했는데, 합의가 되면 보편성을 얻게 되고, 합의가 안 되면 보편성이 없는가? 그리고 그 합의는 어떻게 된 것을 말하는 것일까? 오늘날 이렇게 자본과 무기가 인간의 모든 것을 거머잡고 움직이는 세상에 합의란 것을 어떻게 보아야 할까? 인권 문제는 합의가 되었다지만 인권이 제대로 지켜지는 나라가 얼마나 될까? 그리고 인권 문제가 보편성이 되도록 합의했다지만, 그렇게 되기까지 얼마나 오랜 세월을 싸워왔던가? 그렇게 싸웠던 오랜 동안에 "인권 문제는 아직 합의가 안 되었으니 보편성이 없다"고 하여 인권을 무시하는 것이 옳았는가? 그렇게 했더라면 결코 그 보편성이란 것을 얻지도 못했을 것이다. 사람은 무슨 일을 하든지 그것이 보편성을 가졌나 안 가졌나 하는 것보다 그것이 사람으로서 마땅히 해야 할 일인가 해서는 안 될 일인가를 생각해서 해야 한다고 나는 본다. 짐승을 마구 잡아먹는 일도 마찬가지다.

이분의 주장에 따르면, '세계풀빛(녹색)환경운동단체'의 회원들이 배를 타고 일본 앞 바다까지 와서 고래를 잡지 말라고 시위를 하는 것은, 아직도 짐승과 물고기의 권리를 지켜야 한다는 합의가 안 되어 있기 때문에 잘못하는 일이라 해야 한다. 또 지금 우리 나라만 해도 겨울만 되면 산마다 골짝마다 노루와 토끼, 그밖에 온갖 짐승들을 잡는 올가미와 농약과 디딜포를 놓아 산짐승들의 지옥이 되어 있는 것이며, 사냥꾼들이 멸종되어 가는 짐승들을 잡는 것도 나쁜 일로 볼 수 없다. 그러나 사람의 권리만 인정하고 동물의 권리는 인정하지 않는 시대는 이제 지나간 것으로 보아야 한다. 그렇게 해야 사람이 살아갈 수 있는 환경이 되었고, 사람이 숨쉴 수 있는 시대가 되었다. 사람의 권리만 생각하고 다른 동물의 목숨은 생각하지 않는다면, 그런 생각 자체가 어긋나 있는 것이 될 수밖에 없는 세상으로 바꿴 것이다.

5

　여기서 외국 언론의 논조와 외국 사람의 의견 그리고 국내의 반응 같은 것을 신문에서 보도한 대로 대강 적어본다. 12월 17일 《한겨레》는 외국의 여러 언론사에서 논평한 개고기 문제를 정리해 실어 놓았는데, 주로 영국의 《더 타임스》의 논평을 소개한 이 기사는 긴 글이 아니기에 그 전문을 옮기기로 한다. 제목이 〈개고기 간섭 말라〉로 되어 있다.

　영국의 유력 일간지 《더 타임스》는 15일 최근 월드컵 대회를 앞 두고 문제가 된 개고기와 관련해, 한국인들에게 이를 먹지 말라고 할 권리가 없다고 논평했다. 이 신문은 "지금은 유럽에서 애완동 물로 여기는 것들을 먹는 데 대해 매우 까다롭게 굴지만 과거에도 항상 그랬던 것은 아니다"라며 "히포크라테스는 강아지를 균형 잡 힌 건강식으로 권했으며, 로마인들은 쥐를 먹었고, 스페인 사람들 은 고양이탕을 즐겼는가 하면, 스위스 사람들은 개고기 건포를 먹 는 것으로 알려졌다"고 지적했다.

　한국의 개고기를 앞장서 문제삼고 있는 프랑스의 경우도 파리 시민들은 1870년 프러시아군에 포위되었을 때 처음에는 개와 고양이를 먹는 데 매우 양심의 가책을 느꼈으나 나중에는 개·고양이 잡탕까지 만들어내 즐겼으며, 파리 시민들은 결국 6천여 마리의 개와 고양이뿐 아니라 수많은 쥐와 낙타를 비롯한 동물원 동물 전체를 먹어치웠다고 이 신문은 꼬집었다. 또 일본인들과 프랑스인들은 개고기를 먹는 것은 경멸하지만 말고기는 특별하게 생각하고, 한국인들은 개고기는 많이 먹지만 말고기를 먹는 것은 극도로 경멸한다고 이 신문은 지적한다.

《더 타임스》는 "한국인들에게 무엇을 먹어라 마라 이야기할 권리는 없다"고 강조하면서 그러나 월드컵 대회를 앞두고 주목의 대상이 됨으로써 당국이 최소한 개들의 끔찍한 사육 및 도살 환경을 개선하도록 설득할 수 있을 것이라고 말했다.

이에 앞서 미국 《뉴욕 타임스》, 《인터내셔널 헤럴드 트리뷴》 등과 홍콩, 일본의 언론들도 개고기 논란에 대한 한국민의 불쾌한 반응을 전하고, "각 나라 고유문화는 문화상대주의의 관점에서 보아야 한다"는 요지의 기사를 잇달아 실은 바 있다.

—런던/연합

런던의 한 신문에 난 글을 중심으로 하여 쓴 기사이기에 개고기 먹는 것을 비판하는 쪽의 주장은 소개하지 않았다. 비판하는 신문도 더러 있었을 것 아닌가 싶다.

다음 12월 18일《한겨레》에는 프랑스의 문명비평가 기 소르망의 말을 실었다. 〈개고기 논쟁 바르도가 잘못〉이란 제목으로 된 이 기사는 다음과 같이 짧다.

프랑스 문명비판가 기 소르망(57)은 17일 "개고기 소비는 한국 내부에서 논쟁할 사안이지 외국인이 간섭할 문제가 아니다"고 말했다. 이날 자신의 저서《간디가 온다》한국어판 출간에 즈음해 한국을 방문한 그는 기자들과 만나 프랑스 여배우 브리지트 바르도에 의해 촉발된 개고기 논쟁에 대해 "유럽이 한국의 문명을 잘 몰라 단순화시키고 있다"며 이렇게 말했다. 그는 또 "바르도는 아랍의 양고기 문화도 공격하고 있는데, 자신이 잘 모르는 문명국이나 비하하고 싶은 나라에 대해서 음식문화로 시비를 거는 것 같다"고 꼬집었다.

그는 9·11 미국 테러 사건과 아프가니스탄 공격 등 이번 사태를 문명 간의 갈등으로 보는 시각에 대해 "말도 안 된다"고 잘라 말한 뒤, 그 근거로 '이슬람교도와 비교도 사이에 전혀 갈등이 없는 인도'를 내세웠다.

《자유주의적 해결》,《자본론, 그 이후와 종말》등의 책을 펴내고, 프랑스·미국 언론에서 칼럼리스트로 활동해 온 그는 '자유시장주의' 신봉자로 알려져 있다. 그러나 그는《간디가 온다》에서 인도 정신의 핵심을 '조화로운 무정부 상태'로 보고 이를 21세기적

문명의 대안으로 제안한다.

—김아리 기자, 《한겨레》

다음은 12월 20일자 《한겨레》 '독자 칼럼'에 실린 필리프 쿨롱 교수(강원대)의 글 전문이다. 제목은 〈개고기와 바르도〉다.

프랑스의 한 전직 여배우의 한국 개고기 식용 문화에 대한 비판이 한국인들의 커다란 분노를 사고 있다. 브리지트 바르도는 라디오 프로그램 진행자와 전화 인터뷰 도중, 개고기 소비의 그 '야만스런' 행동을 그만두라는 요구를 하다가, 한국인을 '거짓말쟁이'로 취급하며 면전에서 전화를 끊었다.

프랑스인으로서 나는 먼저, 이런 관습이 적은 수(10명 중 1명 정도)의 한국인들에 의해서만 행해지고 있다는 사실을 바르도가 숙지하여야 한다고 생각한다. 한국의 이 음식문화는 1만 년 전부터 내려온 전통이다. 게다가 개고기를 먹는 나라는 한국뿐만이 아니라, 일본과 중국의 일부 지역과 심지어는 스위스도 있다.

대다수 한국인에게 말고기를 먹는 것은 상상할 수조차 없는 일이다. 그러나 많은 프랑스인들에겐, 인간에게 헌신하는 이 관대한 동물로 만든 스테이크나 안심 요리는 그야말로 진미에 속한다. 힌두인들에게 소는 신성한 동물로 여겨진다. "만약 힌두인들과 한국인들이 매우 공격적으로 그들의 문화적 관습을 비판하려 든다면 프랑스인들은 어떻게 반응할까?"라고 많은 한국인들은 말한다.

바르도는 '개는 인간의 가장 좋은 친구'라고 주장한다. 그러나 그것은 너무 주관적이고도 자문화 중심주의적인 방식으로 세계를 바라보는 것이 아닌가? 다른 문화권의 사람들은 오히려 말, 원숭이, 캥거루, 낙타 등을 인류의 이상적인 친구로 여긴다. 또, 바르도가 식용견을 키우고 그것을 잡는 방식을 비판한 것에 대해 말하자면 이런 한국식 방법이 잔인한 것은 사실이다. 그러나 잘 알지 못하는 문화권에 대해 모욕적인 발언을 퍼붓는 결례를 범한 이 과격한 활동가는 자국 프랑스에서 일어나고 있는 일에 대해서 먼저 확실히 자각해야 할 것이다. 프랑스인들이 그토록 푸아그라를 좋아한다는 사실 그리고 거위 사육자들이 크고 기름진 간을 얻기 위해 거위에게 가혹한 방법으로 사료를 강제로 먹여 살찌운다는 사실은 잘 알려져 있는 바다.

바르도는 한국의 국제적인 이미지 손상에 대해 '걱정해 주기'보다는, 오히려 모국의 이미지에 그리고 특히 그 자신의 이미지에 더 많이 신경 써야 하지 않을까?

이 글에서 한국 사람들이 개고기를 즐겨 먹는 관습에 젖어 있는 사람은 10명에 1명 정도라고 했는데, 어떤 통계자료나 근거를 가지고 한 말이겠지만, 내 짐작으로는 좀더 많을 것 같다. 그리고 이 개고기 먹는 전통은 1만 년 전부터라 했다. 이것도 과연 그럴까 의심이 되지만 나로서는 잘 모르겠다.

이 글은 우리 나라에 와서 학생들을 가르치고 있는 교육자가 쓴 것이기에 자기 나라의 인상을 좋지 못하게 알리는 브리지트 바르도 에 대한 비판을 진정으로 하고 싶었을 것이지만, 한편으로는 바로 말하지는 않았지만 한국 사람들이 개고기를 먹는 것과 개를 잔인하 게 키우고 잡는 것에 대해 좋지 않게 여기고 있다는 사실도 글의 흐 름으로 보아서 충분히 느낄 수 있다. 그렇게 우리는 이 글을 읽어야 할 것이다. 12월 21일 《한겨레》에 〈'개고기 간섭 말라'는 '각계 인사 선언문'이 나왔다〉는 기사가 다음과 같이 실려 있다.

국내에서는 처음으로 각계 인사들이 '개고기 불간섭 선언'을 하 고 나섰다. 김홍신 의원은 20일 대한한의사협회, 한국문화인류학 회 등 12개 단체와 김지하, 노무현, 문성근, 홍세화 씨 등 각계 인 사 166명이 이 선언에 동참했다고 밝혔다. 이들은 선언문에서 "개 고기 식용은 우리의 고유한 음식문화이며, 다른 나라에서 간섭할 영역이 아니다"고 밝혔다. 이들은 또 "이것은 우리 민족 고유의 역 사에 대한 몰이해에서 비롯된 비난이자 모독"이라고 주장했다. 그 러나 이들은 "개를 잔인하게 죽이고, 혐오스럽게 전시 · 진열 · 판 매하는 것에 대해서는 우리도 반성한다"며 "이에 대한 제도적 · 법 적 장치를 마련하기 위해 노력할 것"이라고 덧붙였다.

국회의원과 그밖에 여러 저명인사들이 선언문을 발표해서 대응하는 경우 이런 정도로 하는 수밖에 없겠다는 생각이 든다. 아무튼 그 바르도란 여자가 대단하기는 했던 모양이다. 이렇게 온 나라가 떠들썩하고, 온 세계가 한바탕 난리를 쳤으니 말이다.

그런데 12월 26일치 《한겨레》에 실린 한 독자의 글은 짧지만 다른 여러 논평문과는 달리 좀더 성숙한 자리에서 이 문제를 보는 것 같아 반가웠다. 그 전문을 들어본다. 〈개고기 비난 대응하려 푸아그라 잔인성 부각〉이란 제목인데, 쓴 사람은 조성태 씨다.

거위에게 강제로 사료를 먹여 지방간을 만들어 먹는 '푸아그라' 라는 프랑스 요리가 있다. 이 요리를 소개하면서 우리 나라 언론은 "뭐 묻은 개 겨 묻은 개 나무란다" 식으로 일부 프랑스인의 위선을 비난했다. 한 방송에서는 직접 프랑스에 가서 거위에게 강제로 옥수수를 먹이는 장면을 보여주었다. 처음엔 멋모르고 푸아그라를 맛있게 먹던 리포터가 발버둥치는 거위를 보며 눈물을 흘리는 장면을 대비시켰다. 그러면서 "너무 잔인하다"는 말까지 달았다. 언론들이 일부 프랑스인의 위선을 꼬집기 위해 푸아그라를 소개하는 취지는 이해한다. 하지만 이런 식의 대응은 본질적으로 브리지트 바르도 식의 비난과 조금도 다르지 않다. 개 도살 장면을 보여주면서 한국인은 잔인하다고 말하는 것과 무엇이 다른가. 음식문화의 차이를 이해하지 않는 무지를 비판하면서 푸아그라 요리가 잔인하다고 이야기하는 것은 자기모순이고 이율배반이다. 이럴 때일수록 언론은 성숙하고 이성적인 모습을 보여주어야 한다.

우리 나라의 어느 방송사가 프랑스에 가서 거위에게 강제로 옥수수를 먹이는 장면을 찍어 보여주었다니, 정말 글쓴이가 말한 대로 미숙하고 천박하다. 그렇게 해서 얻는 것이 무엇일까? 잃는 것이 더 많을 것이다. 만약 우리 나라에서 개와 고양이를 도살하는 것과 함께 보여주었다면 그렇게 할 수도 있을 것이다.

6

마지막으로 12월 31일치 《시민의 신문》에 실린 김제완 씨(프랑스 동포 신문 《오니바》 발행인)의 글이다. 글제목이 〈흑인 비하 입장, 바르도 너나 잘해〉로 되어 있다. 이 글은 바르도가 아주 형편없는 사람인데, 이런 사람이 말도 안 되는 말을 한마디했다고 해서 한국 사람들이 온통 떠들고 일어나 소란을 피우는 것이 도무지 알 수 없고, 프랑스 사람들이 도리어 어리둥절하게 여긴다고 했다. 글 첫머리에서 바르도란 사람이 어떤 사람인가를 다음과 같이 말해 놓았다.

바르도는 오래 전부터 프랑스의 극우정당 국민전선을 지지해

왔다. 그녀는 "흑인은 개보다 못하다"고 극단적인 인종차별적 발언을 해서 인종차별금지법에 의해 고발당하고 징역형과 벌금형을 받았던 인물이다. 유명한 극우주의자인 국민전선의 당수 장 미리 르펭과 스캔들을 일으키기도 했다. 이런 일련의 행위로 인해 과거 그를 사랑했던 사람들로부터 외면을 당했다.

이런 사람이 한국인들 보고 개고기 먹는다고 야만인이라고 했는데, 한국인들은 화가 나서 온 나라가 들고 일어선 듯하다면서 다음과 같이 썼다.

프랑스에서 보면 왜 한국에서 이처럼 영향력도 없는 한 여인의 발언에 전국이 들썩거리는지 의아하다. 과거의 브리지트 바르도 (B. B.) 신화에 사로잡혀 있는 사람들, 사춘기 시절 그녀의 사진을 오려서 간직했던 기억이 있는 사람들이 그녀를 과대평가하고 있는 것은 아닐까.

그리고는 한국인들의 이런 반응이 프랑스인들에게 어떻게 보이는가를 잇달아 다음과 같이 써 놓았다.

지금 프랑스에서 바르도는 이따금 스캔들 기사의 주인공으로 그리고 사냥꾼들과 육두문자를 주고받는 싸움으로 신문 가십면에 나오고 있을 뿐이다. 그런데도 한국에서는 네티즌뿐 아니라 유수의 언론들이 사설이나 주요 칼럼을 할애하며 성토하고 있다. 왜 이처럼 정색을 하는지 그것이 오히려 우스울 정도다. 마치 모기 한 마리 잡으려고 칼 빼드는 격이라고 할까. 이러한 현상은 왜 일어나는 것일까.

바르도 같은 여자가 한국의 개고기 식용문화를 비난했다고 해서 과연 양식 있는 프랑스인들 중 누가 관심을 갖겠는가. 실제로 프랑스 언론에서 바르도의 발언을 소개한 글은 눈을 씻고 찾아봐도 찾을 수 없다. 그러다 보니 바르도는 자국 언론을 통해서 한국을 공격하는 것이 아니라 한국의 국무총리나 월드컵조직위원장 앞으로 편지를 보내는 식으로 도발을 해왔다.

그런데 이번에는 한국의 라디오에서 직접 전화를 해서 인터뷰를 하며 그의 의견을 물었다. 프랑스 2TV에서 개고기를 먹는 한국인들을 희롱하는 프로를 방송한 것을 계기로 그에게 전화를 한 것이다.

이런 식으로 바르도의 개고기 스캔들은 한국 언론이 자가 발전해 온 것이 아닌가. 프랑스에서 보면 한국의 개고기와 바르도 기사는 늘 서울발로 외신을 타고 들어온다. 프랑스인에게 보면 바르도의 발언이 아니라 그에게 항의하는 한국인들의 모습이 기사가 되는 것이다. 이번에도 마찬가지였다.

12월 4일자 서울발 AFP 기사는 바르도가 12월 초의 며칠 사이에 한국인들로부터 약 1천 통의 항의 메일을 받았다는 소식을 전하고 있다. 그리고 한국에 거주하는 프랑스인들까지 한국인들로부터 협박성 전화를 받고 있다는 소식을 전하고 있다.

　AFP는 한국인이 프랑스로부터 모욕을 받고 있다는 것보다 오히려 프랑스인들이 한국인들에게 협박을 받고 프랑스 기업들이 상처를 받고 있는 것이 주요 관심인 듯하다. 당연한 일이다. 그리고 프랑스 사회의 언론도 아닌, 영향력도 없는 일개인이 야기한 반응에 대해 뭐라고 할 말이 있겠는가.

이런 꼴로 프랑스에서는 거들떠보지도 않는 바르도의 말이 한국에서는 국제 기사로 발전하니까 이제는 뉴욕이나 런던의 신문들도 거들어 그만 국제 문제로 된다고 했다. 그런데 개고기 문제를 다루었던 프랑스의 텔레비전에서 이번에는 연예인들이 나와서 히히덕거리는 장난스런 프로그램으로 개 이야기를 하면서 낄낄거리는 판이 됐으니, 바르도의 망발에 대한 한국사회의 알맞은 수준의 대응은 텔레비전 코미디 프로에서 '정신나간 바르도'란 제목으로 방영해서 '바르도, 너나 잘해'라고 하는 것이라 했다. 내가 보기에도 처음부터 우리 나라 사람들의 대응이 이래서 되겠는가 싶었는데, 프랑스에서 보게 되는 우리들의 모습이 오죽했겠나 싶다.

　여기서 내가 생각하는, 개고기 문제에 대한 우리들의 바람직한 태도를 말해 본다. 우선 이 문제가 바르도의 말에서 나왔으니 바르도에게는 다음과 같이 대답하는 것이 좋겠다.

"오냐, 고맙다. 그렇지 않아도 우리는 벌써부터 개고기 먹는 문제를 생각하고 있다. 그런데 우리도 너희들에게 충고하고 싶다. 그 어질고 착한 거위를 그 모양으로 끔찍하게 괴롭혀서 잡아먹는 짓을 하지 말아라. 그리고 너는 무엇보다도 사람을 차별하지 말고, 제발 사람답게 살아라."

이렇게 딱 한마디하는 것으로 그쳐야 한다. 그리고 그 다음은 우리들끼리 할 의논이다. 내가 생각하는 가장 좋은 말을 적으면 이렇다.

"사람에게 가장 가까운 목숨을 비참하게 죽여서 그 고기를 즐겨 먹는 일은 아무리 오랜 옛날부터 이어온 일이라 하더라도 고치는 것이 옳다. 소도 사람에 가까운 동물이지만 우선 개부터 시작하자. 이것은 어느 외국 사람이 말한다고 해서 하자는 것이 아니다. 또 월드컵 대회가 있어서 외국 손님들에게 잘 보이자고 하자는 것이 아니다. 다만 우리 스스로 좀더 바르고 깨끗하게 살아가기 위해 하자는 것이다. 우리 사회의 문제, 꽉 막혀 있는 모든 문제의 밑바닥에 깊이 뿌리내리고 있는 이기주의 그리고 우리들 마음속 깊은 곳에 들어앉아 있는 잔학성을 깨끗이 없애 버리고 사람답게 살 수 있는 밝고 아름다운 세상으로 가는 길을 이렇게 해서 시작할 수 있을 것이다."

7

　이 개고기 말다툼은 아이들에게도 번져 갔다. 물론 이런 아이들의 말다툼은 어른들이 지도한 것이다. 아이들은 개를 잡는 짓을 하지는 않지만 개고기를 먹기는 한다. 그리고 무엇보다도 그 옛날부터 아이들은 개와 가까운 사이가 되어왔다. 따라서 어른들의 개고기 말다툼에 귀를 기울이게 될 것이고, 그래서 자기 나름대로 가진 생각을 나타내는 것이 당연하다.

　한 주일에 한 번씩 나오는《한겨레》의 '솜씨자랑' 자리에는 지난 1월 중에 세 아이가 개고기 먹는 문제를 가지고 글을 써 내어 이 말다툼에 끼어 들었다. 맨 처음 한 아이가 개고기 먹는 것에 찬성하는 글을 썼는데, 그 다음주에 다른 아이가 이를 비판하면서 개고기를 먹지 않는 것이 좋겠다고 했다. 그런데 다시 그 다다음주에 또 다른 아이가 개고기를 먹는 것이 좋다고 하는 의견을 써서 앞의 아이 글을 비판한 것이다. 이밖에 더 많은 아이가 이 문제를 가지고 글을 써 냈지만 다 실을 수 없어 이 세 편만 실었는지는 알 수 없다. 아무튼 개를 기르고 개고기를 먹고 하는 일은 아이들의 교육과 성격 형성에 깊은 관계가 있기에 이 아이들이 어떤 글을 썼는가를 여기서 살펴보기로 한다. 세 아이가 쓴 글을 먼저 다 들어 놓은 다음에 글의 내용을 생각하기로 하겠다. 여기서 덧붙여 말해 두겠는데,《한겨레》에 월요일마다 나오는 '함께하는 교육'난의 '솜씨자랑' 자리에는 이런 아이들의 글을 '수필'이라고 해 놓았지만 이것은 수필이 아니다. 아이들의 글에 수필은 없고 수필이라고 하지도 않는다. 더구나 이 글은 '주장하는 것'이다. 그리고 '솜씨자랑'이라니. 교육을 잘 모르는 신출내기 초등학교 선생이 가르치는 교실 뒷벽에나 붙어 있을 듯한 이런 천박한 말을 온 나라의 교사들과 부모들과 아이들이 보는 자리에 내걸어 놓았으니, 이런 자리에 보내는 아이들의 글이 어떤 글이 되겠는가 짐작할 만하다.

㉠ 〈개고기 먹는다는 것〉 / 서울 아주초등학교 6학년 구윤정

월드컵을 앞두고 다른 나라 사람들이 우리 나라에서 개고기를 먹는 것에 반대를 하고 있다. 자기 나라 사람들이 개고기를 먹는 것도 아니고 우리 나라 사람들이 먹는 것인데 왜 상관을 하는지 도무지 이해하기가 힘든다.

나는 개고기를 먹는 것에 찬성한다. 왜냐하면 개고기라 해서 다른 고기랑 군이 다르지는 않기 때문이다. 개고기나 소고기나 똑같은 고기이다. 애완용을 먹는 것도 아니고 그저 똥개를 먹는 것인데, 소를 고기로 먹는 것과 무슨 차이가 있단 말인가? 동물을 학대한다는 점에서는 별 차이가 없다. 그저 먹는 동물의 대상만 다를 뿐이다. 개고기를 믹는 것은 우리 나라의 풍습이자 전통이다. 옛날부터 소로 농사를 지었기 때문에 소고기를 먹으면 사람이 직접 일을 해야 했기 때문에 우리 나라 사람들은 소고기보다는 개고기를

더 많이 먹었던 것이다. 이렇게 우리가 개고기를 먹는 것도 나름대로 이유가 있는데, 그것을 비판하고 동물학대라고 하는 것은 좋지 않다.

나는 개고기를 먹어보지 않았지만 그래도 맛있을 것 같다. 개고기는 독특한 맛이 있을 것이지만, 개고기나 돼지고기나 고기는 다 맛이 비슷비슷할 것 같다. 이렇게 여러 가지 이유가 있어서 먹는 보신탕을 왜 반대하는 것인지 모르겠다. 프랑스 사람들은 그 나라에서도 원숭이도 먹고 이상한 동물들도 먹는데, 우리 나라에서 먹는 것은 왜 비판하는지! 참으로 한심하다.

우리 나라의 문화이자 풍습인 개고기 먹는 것에 반대하는 사람들이 싫다. 난 우리 나라에서 월드컵을 할 때 보신탕집이 문을 닫는 일이 없었으면 좋겠다. 아무리 다른 나라에서 반대를 하더라도 자존심을 굽히지 않고 끝까지 우리 나라의 전통을 보전했으면 좋겠다.

—《한겨레》. 2001. 12. 24.

ⓛ 〈'개고기 먹는다는 것'에 대한 반론〉／울산서부초등학교 5학년 유효정

12월 24일에 '함께하는 교육'에 실린 구윤정 양의 글을 읽고 나와 생각이 다르기에 이렇게 글을 쓴다. 소나 돼지는 옛날부터 식용으로 사용하기 위해 가축으로 길렀다. 반면 개를 한번 보자. 개는 아주 먼 옛날부터 사람과 아주 가깝게 지낸 친구로 지내왔다.

우리에게 주는 도움이 얼마나 많은 이런 개를 단지 몸보신을 위해서 식용으로 이용한다는 것은 개에 대한 모독이라고 생각한다. 어떤 사람들은 프랑스에서는 달팽이 요리도 먹고 중국에서는 모기눈알, 원숭이 골 요리까지 먹으면서 개고기는 어째서 안 되느냐고 한다. 하지만 그들도 먹으므로 우리도 그러자는 것은 논리에 맞지 않는다.

어쩌면 내가 집에서 개를 키우고 있기 때문에 개고기 문화를 더욱더 반대하는 것인지도 모르겠다. 개는 지구상에서 인간의 마음을 가장 잘 이해하고 따르는 동물이다. 세계 대부분의 민족이 개고기를 안 먹는 것은 식습관의 차이가 아니라 인간의 친구를 음식으로 삼는 데 따른 마음의 가책을 느끼기 때문이다. 이것은 문화적 차이보다 우선한다. 우리가 개고기에 대해 알고 있는 정보에는 왜곡된 것이 많다. 개고기는 한국인에게 해롭다. 그것은 건강상의 문제뿐 아니라, 도덕적·윤리적으로 그리고 세계인들의 한국인들에 대한 시각이 좋지 않은 영향을 끼친다.

구양은 글 마지막에서 "아무리 다른 나라에서 반대를 하더라도 자존심을 굽히지 않고 끝까지 우리 나라의 전통을 보전했으면 좋겠다"고 했는데, 개고기를 먹는 풍습이 우리 나라의 전통이라는 근거는 없다. 개고기를 먹는 여러 사람들이 다시 한번 개에 대한 생각을 해봤으면 좋겠다.

—《한겨레》. 2002. 1. 7.

ⓒ〈'개고기 논쟁' 반론에 대한 재반론〉/ 청주 운천초등학교 5학년 장호철

　1월 7일에 실린 유효정 양의 생각과 다르기에 글을 쓴다. 월드 컵이 앞으로 5개월 다가오자 외국 언론에서 우리 나라에 대한 비평이 심해지고 있다. 그중 가장 대표적인 것이 개고기 문제인데 개고기를 먹는 것에 대하여 야만적이라고 한다. 그러나 나는 개고기를 먹는 데에 찬성한다. 첫째, 개고기 음식문화도 오랜 역사를 가지고 있다. 우리 나라는 농경사회이기 때문에 소를 농사를 짓는 데에 주로 사용을 했다. 그래서 소를 잡아먹게 되면 결국 그 힘든 일을 사람이 해야 한다는 것이다.

　우리 나라는 옛날부터 개고기를 먹었던 것을 알 수 있는 자료는 많다. 혜경궁 홍씨 회갑연 잔칫상에 개고기가 올랐다는 기록이 있다. 둘째, 우리 나라는 애완용이 아닌 잡종개를 먹는다. 우리 나라도 다른 나라 못지 않게 개를 사랑하고 보호한다. 우리가 애완용을 먹는다는 것은 상대방의 잘못된 인식이기 때문이라고 생각한다. 셋째, 우리 나라의 개고기 음식문화를 야만인이라고 하는 것은 문화 인종차별 논리이다. 유럽인은 말의 내장과 양의 눈알을 최고의 맛으로 치고, 프랑스 사람은 부풀린 거위의 간을 최고의 음식으로 치지 않는가?

　프랑스의 브리지트 바르도가 우리 나라에 대하여 미개인이라고 한다. 하지만 그것은 '문화적 우월주의'라고 할 수 있다. 다른 나라에서 아무리 야만적이고 미개하다 해도 우리의 전통 문화를 끝

까지 이어 나가야 한다고 생각한다.

—《한겨레》. 2002. 1. 21.

이 세 아이의 글은 얼마 전부터 학교에서고 학원에서고 골치 아프게 쓰도록 하는 이른바 논술문이다. 이 세 편의 논술문에서 좋은 점을 찾는다면, 신문이나 방송에서 읽고 듣고 한 것, 또는 어른들한테 얻어들은 문제를 가지고 글을 썼다는 점이다. 곧, 자기 삶에서 글감을 잡았다는 것이다. 글은 이렇게 삶 속에서 쓸거리를 잡아야 한다.

그런데 어느 글이고 그 의견이나 생각이 자기 삶에서 절실하게 우러나온 것이 아니다. 모두 책에 씌어 있는 것이거나, 어른들이 말해 놓은 것을 머리 속에 넣어 두었다가 그것을 풀어낸 것으로 되어 있다. 세 아이가 생각하고 주장한 내용을 차례대로 대강 정리해 보면 다음과 같다.

㉠

① 개고기나 소고기나 다 같은 고기다. 왜 개고기만 안 먹어야 하나?

② 애완용 개를 잡아먹는 것이 아니고 똥개를 잡아먹는데 무엇이 나쁜가?

③ 동물학내라면 소도 마찬가지다.

④ 개고기 먹는 것은 우리 전통이다. 소는 농사를 지어야 했기

때문에 개고기를 먹게 되었다.

⑤ 개고기를 먹어보지 못했지만 맛있을 것 같다.

⑥ 프랑스 사람들은 원숭이와 그밖에 이상한 동물의 고기를 먹는다.

⑦ 월드컵 때 보신탕집이 문을 닫지 말았으면 좋겠다.

⑧ 아무리 다른 나라에서 반대하더라도 자존심을 굽히지 말고 끝까지 우리 전통을 보존했으면 좋겠다.

ⓛ

① 소와 돼지는 먹기 위해 길렀다. 그러나 개는 옛날부터 사람과 가까이 지내면서 많은 도움을 주었다.

② 프랑스 사람들은 달팽이를 먹고, 중국 사람들은 모기 눈과 원숭이 골을 먹는다. 그렇다고 우리도 개고기를 먹자고 해서는 안 된다.

③ 내가 우리 집에서 개를 키우고 있기 때문에 개고기 먹는 것을 반대하는지 모르겠다.

④ 개는 사람 마음을 가장 잘 알고 따른다. 세계 거의 모든 민족이 개고기를 안 먹는다.

⑤ 개고기는 한국인에게 해롭다. 건강에도 그렇고, 도덕상으로도 그렇다.

⑥ 온 세계 사람들이 개고기 먹는 한국인을 좋지 않게 보게 된다.

⑦ 개고기 먹는 것이 우리 전통이란 근거는 없다.

⑧ 개고기 먹는 사람들이 잘 생각해 봤으면 좋겠다.

ⓒ

① 월드컵을 앞두고 외국 언론에서 우리 나라를 많이 비판한다. 더구나 개고기 먹는 것을 야만이라 한다.

② 개고기 먹는 것은 오랜 역사를 가지고 있다. 소를 잡아먹으면 힘든 농사일을 사람이 해야 한다.

③ 혜경궁 홍씨 회갑연 잔칫상에 개고기가 올랐다는 기록이 있다.

④ 우리 나라도 다른 나라 못지 않게 개를 사랑하고 보호한다. 우리가 먹는 것은 애완용 개가 아니다.

⑤ 개고기 먹는다고 야만인이라 하는 것은 인종차별 논리다.

⑥ 유럽인은 말의 내장과 양의 눈알을 최고의 맛으로 즐기고, 프랑스인들은 부풀린 거위 간을 최고로 친다.

⑦ 바르도가 우리를 미개인이라고 하는 것은 문화우월주의다.

⑧ 다른 나라에서 아무리 야만인이라고 하고 미개인이라고 해도 우리는 전통문화를 끝까지 지켜야 한다.

세 아이가 쓴 글의 내용을 대강 모두 들어보니 여덟 가지씩 되는데, 이 가운데서 개고기 먹는 것을 좋다고 하는 두 아이의 글 ㉠과

ⓒ은 그 내용이 아주 비슷하다. 보기를 들자면 ㉠의 ②와 ㉢의 ④가 같고, ㉠의 ④는 ㉢의 ②와 같고, ㉠의 ⑥은 ㉢의 ⑥과 다름없고, ㉠의 ⑧과 ㉢의 ⑧이 똑같은 말로 되었다. 그밖에 한두 가지 말을 빼고는 모두 비슷한 내용이 되어 있다. 또 개고기 먹는 것이 좋지 않다고 한 아이가 쓴 글 ㉡의 내용도 그 처지가 반대로 되어 있기는 하지만 말해 놓은 내용은 ㉠과 ㉢과 별로 다름이 없다. 왜 이렇게 되었는가?

이 아이들의 생각이 자기 삶에서 진정으로 얻어낸 것을 바로 솔직하게 자기 말로 쓴 것이 아니라 방송에서 들은 것, 글로 읽은 것, 어른들이 말해 주는 어른들의 생각들을 그대로 썼기 때문이다. 자기 몸으로 겪은 것을 나타낸 것이 아니라 머리 속에 넣어 놓은 지식을 (그러니까 몸속에 들어가 제 것으로 되어 있지 않은 것을) 그대로 쏟아내어 놓은 것이다 보니 이렇게 될 수밖에 없다. 요즘 아이들이 쓰고 있는 논설문이란 것이 이래서 문제가 된다. 이런 글은 삶을 가꾸는 글쓰기 공부가 될 수 없고, 머리로 꾸며 만들거나 정리하는 것, 손끝으로 만드는 잔재주, 그야말로 '솜씨자랑'이나 하는 것이요, 행동은 할 줄 모르고, 하기를 싫어하고 입만 살아서 근사하게 지껄이고, 공중에 뜬 논리와 변설을 늘어놓기 좋아하는 사람이 되게 하는 글짓기 공부다. 글감은 현실의 삶으로 이어질 수 있는 이야기나 생각을 쓸 수 있는 것으로 되어 있는데, 글이 이렇게 빈말만 늘어놓아서 조금도 "정말 그랬구나" 하는 생각이 안 드는 것은 올바른 글쓰기 지도를 하지 않았기 때문이다.

세 아이의 글 가운데서 ㉠의 ⑤와 ㉡의 ③이 겨우 조금 자기 자신을 나타내려고 한 말로 되었다. "개고기를 먹어보지 못했지만 맛있을 것 같다"는 말과, "내가 우리 집에서 개를 키우고 있기 때문에 개고기 먹는 것을 반대하는지 모르겠다"고 한 말이다. 논설문이든 감상문이든 글은 이런 삶의 실상, 삶의 현실에서 절실하게 겪은 일을 쓰는 데서부터 시작해야 하고, 어떤 생각도 논리도 이 삶의 체험에서 나와야 한다. 그런데 이 두 아이는 겨우 이렇게 참된 자기 이야기를 꺼내는가 싶더니 그만 또 머리 속의 지식을 적는 태도로 돌아갔다. 그런 자기 개인의 이야기는 이런 자리에 쓸 것이 못 된다는 태도다. 그것이야말로 진짜 자기 것이고 살아 있는 말이요, 글이 될 수 있었는데 말이다. 다른 나머지 한 아이는 아예 그런 말을 한마디도 하지 않았다.

이 세 아이가 자기의 삶에서 우러난 진정을 쓰지 않았다는 것은 이밖에 또 두 가지 문제를 가지고 말할 수 있다. 그중 하나는 도무지 아이로서는 그렇게 생각을 할 수 없는 말을 하고 있는 것이다. 보기를 들면 ㉠과 ㉡ 두 아이가 모두 애완용 개를 잡아먹는 것이 아니라면서 똥개는 잡아먹어도 좋다고 말한 것이다. 이것은 신문에도 실려 있는 어른들의 글에 나타난 말과 똑같다. 애완용은 모두 서양개, 외국종이다. 똥개란 것은 우리 개다. 우리 문화, 우리 전통을 사랑한다면서 서양개, 외국개는 애완용으로 고이 기르고 보호하고 우리 개는 비참하게 기르고 학대해서 잡아먹는 것이 옳다는 이런 태도는 어떤 심리에서 나온 것일까? 이 비틀어지고 병든 마음은 어른들의 것이다. 그런데 요즘 도시 아이들이 벌써 어른들을 닮아 이런 괴상한 '어른아이'가 되었는지 모르지만, 내가 알고 있는 아이들은 결코 이렇지 않다. 아이들은 어른들처럼 인종차별을 하지 않는다. 짐승도 차별하지 않는다. 아직도 거의 모든 아이들이 그럴 것이라 믿는다. 만약 같은 생명을 차별하는 아이가 있다면 그런 아이는 좀 나이가 더한 아이로 어른들과 그 어른들이 만들어 놓은 환경에 비참하게 길들여져서 그렇게 된 것이다. 그리고 말할 것도 없이 이런 글에 나와 있는 이런 아이들의 말은 어른들이 들려주는 말을 그대로 따라 쓴 것이라 볼 수밖에 없다.

보기를 하나 더 들겠다. ㉠에서 소고기 먹는 것이나 개고기 먹는 것이 동물을 학대한다는 점에서 다를 것이 없다고 하면서 이 아이는 동물을 학대하는 것이 나쁘지 않고, 그렇게 할 수 있다고 하는 뜻을 말했다가, 곧 그 뒤에 가서 개고기 먹는 것을 동물학대라고 하는 것은 좋지 않다고 했다. 왜 이렇게 말이 앞뒤가 잘 맞지 않는가? 자기 자신의 진정이 아니고 어른들 말을 따라 하다보니 이렇게 되는 것이다.

글 ㉡에서는 "개고기는 한국인에게 해롭다. 그것은 건강상의 문제뿐 아니라" 했고, "개고기를 먹는 풍습이 우리 나라의 전통이라는 근거는 없다"고 했는데, 좀 뚜렷하게 말하지 않고 이렇게 거칠게 말

112

해서 곧이 들리지 않은 것은 어른들의 말이나 글에서 읽은 것을 그대로 외워서 썼기 때문이다.

이밖에 외국의 어떤 사람이나 언론에서 한국 사람이 개고기 먹는 것을 비난하면서 야만인이라고 했다든지, 외국 사람들이 별의별 동물과 곤충을 요리해서 즐긴다고 한 말은 모두 방송이나 신문으로 알게 된 것임은 말할 것도 없다. 이럴 때는 어느 날 어느 시간에 무슨 방송에서 어떤 얘기를 들었다든지 어떤 광경을 보았다고 써야 살아 있는 글이 될 수 있는 것이다.

아이들의 글이 삶에서 나온 것이 아니라는 또 하나 증거는 이 아이들이 글에서 써 놓은 말이 아이들의 입에서 나오는 살아 있는 말이 아니고 어른들이 유식하게 늘어놓은 글말로 되어 있다는 것을 보아도 곧 알 수 있다. 이제 그런 말을 대강 차례를 따라 들어보겠다. (묶음표 안은 쉬운 우리 말, 곧 아이들의 말을 적은 것임.)

㉠

· 이해하기 힘든다(알기 힘든다) · 별 차이가 없다(별 다름이 없다) · 먹는 동물의 대상이 다를 뿐이다(먹는 동물이 다를 뿐이다) · 나름대로 이유가 있는데(나름대로 까닭이 있는데)

㉡

· 소나 돼지는 식용으로 사용하기 위해, 식용으로 사용한다는 것

은 개에 대한 모독이라고(먹는 것은 개를 욕되게 하는 것이라고) · 논리에 맞지 않는다(말이 안 된다) · 이해하고(알고) · 식습관의 차이가 아니라(먹는 버릇이 달라서가 아니라) · 문화적 차이보다 우선한다(문화가 다른 것보다 더 앞선다, 문화가 다른 것보다 더 중요하다) · 정보에는 왜곡된 것이 많다(소식에는 잘못된 것이 많다, 지식에는 잘못된 것이 많다) · 도덕적 · 윤리적으로(도덕과 윤리에서, 사람의 도리에서) · 시각에(눈길에, 생각에)

ⓒ

· 반론에 대한 재반론(반론에 대한 반론) · 대표적인 것이(대표되는 것이) · 사용을 했다(썼다) · 잘못된 인식(잘못된 생각) · 개고기 음식문화를(개고기 먹는 풍습을) · 문화 인종차별 논리(인종 차별 논리, 인종을 차별하는 말) · 문화적 우월주의(문화우월주의, 제 나라 문화가 우월하다는 생각) · 야만적이고(야만스럽고)

물론 이 가운데는 아이들이 글을 쓰면서 예사로 쓰는 말이 많다. 그러나 그렇게 쓰는 말이 책을 읽고 글에서 써 놓은 말을 그대로 따라서 쓰게 된 것이 분명하다. 그래서 이런 글말을 예사로 쓰는 태도가 바로 어른들의 생각을 그대로 옮겨 적은 글짓기, 삶을 등진 글 만들기로 되는 것이다.

8

그렇다면 머리에 쑤셔 넣은 지식이 아니라 몸에서 터져 나온 글, 살아 있는 말로 쓴 글은 어떤 것일까? 여기서 1980년대에 개 이야기를 쓴 글 몇 편을 들어본다. (자료는 창비아동문고 《우리 집 토끼》에서)

〈개고기〉/ 경기 포천초등학교 4학년 김태영

나는 개고기를 본 적이 있었다. 그때는 내가 너무 어려서 아무것도 몰라서 먹었지만 지금은 그 개가 불쌍하다. 그 까닭은 우리 집에도 개가 있고 다른 개들도 좋아하기 때문이다. 어느 날 나는 이상한 것을 느꼈다. 그래서 엄마한테 가보니 개고기가 있었다. 그래서 나는 나쁜 기분을 별 탈 없이 지냈지만 우리 개가 그 냄새를 맡고 밥을 안 먹었다. 우리 개가 불쌍하다.

아무리 개라지만 사람이 먹고 살기 위해서 개를 먹다니 그 개를 죽인 사람이 원망스러웠다. 사람들은 먹을 것이 많은데 왜 개를 죽이는지 모르겠다.

이 글에서 맨 처음에 "나는 개고기를 본 적이 있다"고 시작한 이야기와, 그 몇 줄 다음에 나오는 "어느 날 나는 이상한 것을 느꼈다"고 하여 말해 놓은 이야기는 같은 일을 쓴 것일까, 다른 때에 있었던 두 가지 이야기일까. 그것이 분명하지 않다. 좀 잘 알 수 있게 쓰지 못했지만, 이 글은 사실을 쓴 이야기이고, 절실한 느낌을 썼다. 그래서 서투른 글이지만 공감을 하게 된다. 어느 말도 남의 것을 빌려 온 것이 없고 죄다 몸에서 터져 나온 말이 되어 있다. 그렇기 때문에 두 번이나 "불쌍하다"고 하고, 마지막에는 "사람들은 먹을 것이 많은데 왜 개를 죽이는지 모르겠다"고 하는 말이 어쩔 수 없이 나온 절실한 말로 느껴지는 것이다.

〈개〉/ 안동 대성초등학교 6학년 김미옥

토요일 날 시간이 일찍 끝나서 집으로 빨리 왔다. 집에 오니까 집은 온통 피로 되고 슬픔으로 찬 집이 되었다. 엄마는 울고 아버지께서는 술 채고(술 취하고), 나는 왠지 겁이 덜컹 났다.

아부지와 엄마가 다투셨는 줄 알았다. 하지만 그것이 아니었다. 나는 이상했다. 어리둥절한 나는 가방을 내 방에 두고 나오니 세연이가 우리 개 팔았다고 한다. 나는 금방 눈물이 나오려는 걸 참았다. 방에는 아버지께서 계셨기 때문에 참은 것이다.

내 방으로 세연이를 데리고 가서 자세히 알아보았다. 아버지께서 술 자수고 와서 그랬다고 한다. 내가 길가 있는 피는 왜? 하고 물어보니 개를 죽여 가지고 갔다고 한다. 나는 아버지가 한없이 미웠다. 하지만 아버지 곁에서는 아무 말도 못하고, 그렇다고 울지도 못했다. 울며는 아부지께서 야단을 친다. 엄마와 똑같다고. 나는 개가 불쌍했다. 그래서 피를 흙으로 고이 묻어주었다.

저녁에 개밥을 주려고 개밥을 말아 가지고 개집으로 가니 개가 없었다. 개집 곁에서 개가 팔려갔다는 생각이 났다. 나는 우리 개가 보고 싶다. 불쌍하다. 아부지가 미웠다.

집에서 기르던 개를 잡아서 팔았던 날의 이야기다. 이것이 아이들의 삶을 나타낸 진정한 아이들의 말이 나온 글이다.

이 글을 보면 개를 잡아서 판 날, 온 집안이 슬픔에 잠겼다. 울면 아버지가 야단친다고 울지도 못하지만, 그렇게 해서 개를 잡아 팔았던 아버지도 술을 잔뜩 마시고서야 그런 짓을 할 수 있었다. 그 술이 깼을 때는 아주 침울한 심정이 되었을 것이 틀림없다. 마지막에 이 아이가 저녁에 개밥을 말아서 주러 간 이야기가 나온다. 개집 앞에 가서야 개가 없다는 것이 생각났다는 말이 눈물겹다. "나는 우리 개가 보고 싶다. 불쌍하다. 아버지가 미웠다"고 하는 짧은 말들이 너무나 잘 살아 있다.

〈개〉 / 안동 임동동부초등학교 6학년 이형수

나는 개를 무척 좋아한다. 우리 집에는 내가 5학년 때 1년 동안 '쎗바따'라는 개가 있었다. 나는 그 개를 무척이나 좋아했다. 왜냐하면 명태 머리를 던지면 앞발을 들며 잘 받아먹기 때문이다. 다른 개는 못 받아먹을 것이다.

그때가 초겨울이었다. 난 그 개를 데리고 마늘밭에 가서 장난치

1994년 겨울 무렵의 무너미 마을 아이들.

며 싸우기도 하였다. 손만 가면 무는 그 개의 이빨은 매우 날카롭다. 나는 꾀를 썼다.

　그 개는 나를 무척이나 겁낸다. 다른 애들 같으면 짖고 물 것이다. 그래서 나는 쫓아 놓고 다리를 쥐어서 당기는 꾀를 썼으나 되지 않았다.

　나는 그때부터 개를 사랑했다. 다른 개를 보아도 사랑을 준다. 이윽고 1980년 10월 10일. 그 개를 사람이 잡아먹기로 했다. 2만 5천 원에 팔았다. 나는 이때 책상에서 울었다. 아버지께서 "누가 우노?" 하시며 "왜 우노야야" 하셨다. "개를 잡아 가" 나는 화가 나서 이렇게 말했다. 이때 욕이라도 한번 하고 싶었다.

　그 이튿날 사람들로부터 소문이 났다. 심지어 아이들까지 내가 울었다고. 그 후 순칠이가 와서도 말했다. 순칠이도 옛날에 큰 개가 있었는데 그 개도 잡아먹었다고 한다. 순칠이도 그때 울었다고 한다.

　나는 그 후부터 기분이 좋지 않았다. 그리고 나 혼자 있고 싶었다. 그래서 개를 생각하면 화가 난다. 지금도 생각하면 눈물이 나 올랑말랑 한다.

집에서 기르던 개를 잡아먹거나 팔게 되면 아이들은 모두 이렇게 큰 충격을 받는다. 이 글의 마지막에 "나는 그 후부터 기분이 좋지 않았다. 그리고 나 혼자 있고 싶었다"고 했는데, 그토록 사랑하던 개를 마을 사람들이 잡아먹은 그 일로 하여 이 아이의 성격이 크게 바뀌어졌다는 것을 알 수 있다. 그 일이 이 아이의 마음 깊은 곳에 커다란 상처로 남아 앞으로 평생 동안 그 행동이며 정서에 크나큰 영향을 주리라는 것은 "그래서 개를 생각하면 화가 난다. 지금도 생각하면 눈물이 나올랑말랑 한다"고 맺은 말에서도 짐작하게 된다.

개를 잡은 날 이 아이가 울었다는 것이 소문이 났다고 했는데 그 소문이 아이들 사이에 어떻게 났을까? 개 잡아먹었다고 해서 우는 아이가 있다고 모두 놀려주고 싶어했을까? 그래서 요즘처럼 마을이나 학교에서 '왕따'라도 당하는 꼴로 되는, 그런 소문이었을까? 결단코 그렇지는 않았을 것이다. 오히려 그와는 반대로 순진하고 착한 이 아이에 동정하고 공감하고 싶어하는 아이들이 같은 심정인 아이들에게 퍼뜨리는 소문일 것이다. 내가 알고 있는 그 시골 아이들은 어디까지나 그랬다. 그때 내가 바로 이 아이가 있는 근처 학교에 있기도 했다. 또 울었다고 소문이 났다는 말을 쓴 다음 "그 후 순칠이가 와서도 말했다. 순칠이도 옛날에 큰 개가 있었는데 그 개도 잡아먹었다고 한다. 순칠이도 울었다고 한다"고 쓴 것을 보아도 그 소문이 어떤 것으로 퍼졌는가를 알 수 있다.

마을에서 개를 잡아먹게 될 때 아이들도 거기 가서 개장국을 얻어먹는 수가 있다. 더구나 옛날부터 배고프게 지내면서 고기가 귀하던 때에 그렇게 해서 아이들도 개고기를 먹기는 했지만, 개를 잡아죽이는 것을 아무 생각 없이 당연한 일로 보는 아이는 결코 없었다. 자기 집 개가 아니라 남의 집 개라도 그랬다. 만약 그 개 잡는 현장을 재미있다고 보거나 예사로 여기는 아이가 있다면 그런 아이는 벌써 인간성을 잃어버린 서글픈 어른, 무서운 어른이 되었다고 아니할 수 없다.

〈개〉/ 서울 송정초등학교 6학년 전윤필

나는 오늘 무척 불쌍한 모습을 보았다. 내가 아침에 밖에 나와 있으려니까, 저쪽에서 무엇을 실은 오토바이가 달려와 내 앞에서 멈추었다. 오토바이 뒤에 실린 것은 우리에 갇힌 개였다. 그 개는 겁에 질려 소리도 못 내고 생똥까지 누었다.

그때였다. 우리 옆집 찬영이네 아주머니께서 커다란 개 한 마리를 끌고 나오셨다. 자세히 보니 그 개는 메리였다. 메리는 내가 귀여워해 주던 개였다. 아주머니께서는 그 개를 팔려고 하셨다. 개장수 아저씨와 찬영이네 집을 살짝 들여다보았다. 들여다보니 찬영이가 현관 문턱에 앉아 훌쩍훌쩍 울고 있었다. 나는 메리를 팔아서 우는가 보다 하고 생각했다.

얼마 후 메리가 우리 안으로 집어넣어졌다. 메리는 찬영이 아주머니를 보고 원망스러운 눈망울로 무섭게 부르짖었다. 찬영이 아주머니께서는 개를 괜히 팔았구나 하는 생각을 하시는 것 같았다.

아, 보신탕, 개장국! 이런 간판이 없고 밧줄을 목에 걸어 높은 기둥에 매어 두고 쇠뭉치로 머리를 내리치는 그런 일이 없다면 이 세상은 얼마나 좋을까?

이번에는 도시 아이가 쓴 글이다. 이웃 사람이 기르던 개를 개장
수에게 팔아넘기는 것을 본 것이다. 그 개는 이웃에 있는 동무처럼
저도 정을 붙이고 지냈기에 얼마나 마음이 아팠겠나. 그 집 아이가
문간에서 울고 있는 것도 보았다. 그래도 이 아이는 개 주인이 개를
끌고 나오고, 우리 안으로 그 개가 집어넣어지는 것을 본 대로 적기
만 했다. 개 장수가 오토바이 뒤에 싣고 온 우리 안에는 벌써 갇혀
있는 개가 들어 있어 "그 개는 겁에 질려 소리도 못 내고 생똥까지
누었다"고 했는데, 그 우리 안에 또 한 마리 이웃집 메리가 끌려 들
어간 것이다. 그 메리는 주인 아주머니를 보고 "원망스러운 눈망울
로 무섭게 부르짖었다"고 했으니, 본 대로 들은 대로 쓰기만 했지만
이런 말 속에 글을 쓴 아이의 마음이 잘 나타나 있다. 그러나 마지막
에는 바로 그 마음을 한꺼번에 터뜨려 놓았다.

요즘은 농촌에서도 개를 바로 잡지는 않는다. 그래서 개를 길러서
개 장수한테 팔기만 하는데, 집마다 개를 길러 팔게 되니 개 장수가
거의 날마다 산골 조그만 마을까지 개를 사러 온다. 그리고 오토바
이가 아니고 큰 짐차로 쇠우리를 만들어 싣고 가는데, 아이들은 개
를 싣고 가는 광경을 흔히 보게 된다. 그런데 큰 도시의 아이들은 개
를 키우는 것도, 팔려가고 실려가는 것도 볼 수 없으니 이 이야기를
써도 앞에서 쓴 논설문처럼 방송이나 신문 같은 것으로 얻은 지식을

늘어놓을 수밖에 없다. 그래서 개고기 먹는 것을 찬성하면서 "나는 개고기는 먹어보지 못했지만 그래도 맛있을 것 같다"는 말을 하게 되는 것이다. 기르는 집의 아이는 개고기 먹는 것을 반대하는 것이 당연하지만, 반드시 그렇게 된다고 말할 수도 없다. 왜 그런가 하면 기르는 그 개가 거의 모두 애완견이기 때문이다. 지금까지 들어놓은 아이들과 어른들의 글에 잘 나타나 있듯이 개고기 먹는 것을 찬성하는 사람들은 "우리가 먹는 것은 애완견이 아니고 똥개다"고 한다. 애완견은 사랑하면서 똥개는 잡아먹는 것을 당연하게 여기는 것이고, 아이들도 어른들 따라 그렇게 생각하는 것이다. 또 많은 아이들이 애완견을 기르면서 개를 잡아먹는 것을 좋지 않게 여긴다고 하더라도 그런 애완견 사랑이 참된 동물사랑, 사람사랑으로 이어진다고 보장할 수 없다. 그래서 프랑스의 바르도 같은 인종차별을 하기에 미쳐 버리는 사람을 닮을 수 있는 것이다. 앞쪽에서 세 아이가 쓴 논설문 가운데 한 아이가 개고기 먹는 것을 반대했지만 그 아이가 쓴 글이 유달리 어른들이 쓰는 어려운 글말을 많이 따라서 쓴 것으로 보아, 그 아이가 개를 길러도 아마 틀림없이 애완용일 것이고, 그런 생각도 자기 몸에 밴 것은 별로 없고 거의 모두 어른들의 말을 따라 한 것이라고 판단된다.

〈개〉 / 경북 봉화 서벽초등학교 5학년 최종희

　아버지는 돼지가 새끼를 낳지 않아서 팔아서 강아지를 샀다. 강아지는 참 귀여웠다. 개를 산 뒤에 소는 새끼를 낳았다. 소도 강아지 새끼처럼 귀여웠다.

나는 학교를 마치고 오면 개하고 놀았다. 얼마 전의 일이었다. 마구간에 가보니 개하고 송아지하고 놀고 있었다.

나는 나오라고 하니 개가 나왔다. 송아지도 우리를 따라 나왔다. 나는 논에 와서 송아지하고 개하고 놀았다. 참 재미있었다. 개는 송아지 옆에 앉았다. 저녁때가 되어서 집에 갔다. 개는 다음 커서 어미가 되었다. 그래서 개하고 못 논다. 개는 쓸쓸히 자꾸 커져 갔다.

송아지와 강아지와 아이가 같이 놀았다고 하는 것이 꼭 동화의 세계 같다. 좀더 자세하게 썼더라면 하는 아쉬움이 있지만, 바로 이것이 아이들의 세계다. 어떤 짐승과도 마음을 주고받고 정을 나눌 수 있는 것이 아이들이다. 그리고 이런 아이들의 마음이 가장 사람다운 마음이고, 이런 아이들의 세계가 사람이 생각할 수 있는 가장 좋은 세계, 아름다운 세계다.

개고기 먹는 것을 어떻게 보아야 하나 하는 문제도 이런 아이들의 세계에서 아이들의 마음으로 푸는 것이 가장 옳다고 나는 믿고 있다. 상대주의니 보편주의니 하는 것으로 풀 수도 없고 풀어서도 안 된다. 주의로 풀려고 하면 주의끼리 맞서게 되고 싸움이 벌어진다. 그리고 그 주의는 벌써 병에 들어 그 몸과 마음이 굳어질 대로 굳어진 어른들의 것이다. 그런데 아이들의 세계는 국경이 없고 모든 종족의 마음을 하나로 이어준다. 사람뿐 아니다. 동물까지도, 모든 목숨을 안아 들인다. 참으로 어린이의 마음만은 인류와 모든 금수곤충과 산천초목의 자연을 파멸에서 구원할 수 있는 것이다.

제4부
무너미 마을 사람 이야기

산산조각으로 박살나는 겨레 모둠살이

도망치는 여자들

내가 있는 마을에서 산기슭을 조금 돌아 내려가면 찻길이 지나가는 못고개가 있고, 그 옆에 도랑마라는 조그만 마을이 있다. 못고개는 충주에서 서울로 가는 길편인데 아주 나지막한 고개가 되어 차를 타고 지나가면 재 같지도 않아서 그냥 평지처럼 보이지만, 알고 보면 거기가 서울과 충주 사이의 길에서는 분수령으로 되어 있다. 차가 없던 옛날에는 못고개를 가고 오는 사람이 끊이지 않아서 근처에 술집이 많았던 모양인데, 지금은 버스 휴게소가 하나 있고, 그 옆에 음식점이 두어 군데 있을 뿐이다. 더구나 지난해부터는 바로 옆에 더 넓은 국도가 새로 틔어져서 이 길을 지나가는 차도 아주 썩 줄어들었고, 길가의 음식점도 거의 모두 문을 닫게 되었다. 옛날에는 거기 못이 있었고, 그래서 못고개라 했다는데, 지금은 그 흔적도 없다.

무너미 마을의 길. 2002년 8월.

다만 여러 해 전에 그 근처가 개발을 할 수 있는 지역으로 지정이 되자 갑자기 땅값이 올라서 여기저기 공장이 들어섰다. 하지만 그 공장들이 제대로 운영되는 데는 한 곳도 없고 죄다 부도가 나서 빈 건물만 덩그러니 서 있을 뿐이다. 그런 곳에 있는 이 도랑마에는 지금 겨우 여남은 집이 살고 있다. 우리 마을과 다름없이 집집마다 온갖 비극의 역사를 간직하고서.

이 도랑마에 올해 73세가 되는 할머니가 아들 하나를 데리고 살고 있는데, 성이 안씨여서 안노인이라고 한다. 농사를 짓는데 논이 서너 마지기, 밭도 그 정도가 되었지만 할머니도 아들도 아주 부지런하고 알뜰해서 빚 안 지고 잘살았다. 그런데 아들이 장가를 못 가서 오랫동안 어머니와 둘이서 농사일을 하다가 늦게 어찌어찌해서 서울 색시를 얻어 장가를 들었다. 그 뒤로 아들까지 나서 지금 초등학교 1학년에 다니고 있다.

하지만 아이 엄마, 곧 안노인의 며느리는 걸핏하면 밖에 나가 음식 사먹기를 좋아했다. 거기다가 또 술을 즐겨 마셨다. 농사꾼이 외식을 즐기고 술을 좋아한다면 그런 집의 살림이 제대로 되기는 어려울 수밖에 없다. 그래도 할머니와 그 아들은 꾹 참았다. 그러다가 두 젊은 부부는 이대로 살아서는 안 되겠다고 의논한 끝에 택시 운전을 하기로 했다. 논밭을 거의 모두 팔고 빚까지 내어서 4천여 만 원이나 들여서 일반 택시를 샀다. 그래서 낮에는 남편이 운전하고, 밤에는 부인이 운전해서 부지런히 벌었다. 여섯 달이 지나는 동안에 모은 돈이 2천여 만 원이나 되었다. 그러던 어느 날 그만 어처구니없는 일이 일어났다. 아이 엄마가 그 저축한 돈을 가지고 어디로 사라진 것이다. 그뿐 아니다. 알고 보니 가져간 것이 저축한 돈뿐 아니라 몇 가지 카드에서도 1천 5백만 원을 빼갔고, 그밖에 모두 합쳐서 4천 몇백만 원의 빚을 지워 놓고 도망쳤다는 사실이 드러났다.

이제 남은 재산이라고는 밭 500평과 택시 한 대뿐이다. 4천여 만 원이나 되는 빚을 어떻게 하나? 남아 있는 그 밭은 한때 공장도 세울수 있는 자리가 된다고 해서 한 평에 10만 원을 준다고 해도 팔지 않았는데, 이제는 시가가 한 평에 4만 원쯤은 되지만 그런 사정에서 갑자기 팔려고 하니 그 반값인 2만 원만 받겠다고 해도 살 사람이 나서지 않았다. 택시를 팔면 당장 먹고 살 길이 없어진다. 그래 어찌할 수가 없어 하루는 할머니—안노인이 우리 아이한테 찾아와서 제발 500평짜리 밭을 살 사람을 좀 알아봐 달라고 했다. 왜 땅을 그렇게 헐값으로 팔려고 하나 하고 물어보았더니, 자기 집 사정을 눈물을 흘리면서 이야기해 주더란 것이다. 안노인은 그런 기막힌 일을 당했지만 그때까지 친척이고 이웃 사람이고 어떤 사람에게도 며느리가 제 자식과 남편을 버리고 도망쳤다는 말을 하지 않았다. 혹시 머지않아 며느리가 돌아오게 되면 남들 보기에 거북스럽지 않게 지낼 수 있도록 하려고 한 것이다. 그리고 그 안노인은 평소에도 좀처럼 집안일을 남에게 말하지 않는 성격이라고 한다. 그래서 이웃 사람들한테는 며느리가 잠깐 친정에 다니러 갔다고 했다는 것이다. 그런데 이번

일에서는 어떻게 해서라도 땅을 팔아서 급한 빚돈을 갚아 불을 꺼야만 했기에 어쩔 수 없이 집안 사정을 다 털어 놓았던 것이다.

빚돈이 4천여 만 원인데, 500평 땅을 팔아봐야 겨우 1천만 원밖에 안 된다. 그런데 다행하게도 시집간 딸이 이 소식을 듣고 빚 갚는 데 보태어 쓰라고 1천 5백만 원을 보내주었다. 그래서 그 돈하고 모두 2천 5백만 원은 갚을 수 있으니, 남은 빚 1천 5백만 원은 앞으로 택시 운전을 부지런히 해서 조금씩 갚아 나가면 먹고 살 수는 있다고 생각한 것이다. 듣고 보니 그 사정이 하도 딱해서 우리 아이가 서울 있는 친구한테 급히 알려서 그 땅을 팔 수 있도록 주선을 했다.

땅을 팔고 난 다음 하루는 그 안노인 아들이 우리 아이를 찾아와서 고맙다면서 소개해 준 수고비로 돈이 든 봉투를 주는 것을 받지 않았다. 그랬더니 돈이 적어서 안 받나 싶어 그 다음날은 더 불룩한 봉투를 가지고 와서 두고 갔다고 한다. 그래 우리 아이가 그 집에 다시 찾아가서 나는 지금까지 이런 일을 더러 했지만 한 번도 돈을 받은 적이 없으니 이번에도 받을 수 없다고 하여 그 할머니에게 돌려주고 왔다고 한다. 우리 아이가 말했다.

"그런 돈 받으면 사람과 사람의 관계가 끊어지잖아요. 사람은 서로 정을 주고받는 것이 돈을 주고받는 것보다 훨씬 중요하지요."

시골 농사꾼 가운데는 아직도 이 안노인과 그 아들처럼 성실하고 착한 사람들이 많다. 그린데 이런 착한 사람일수록 온갖 재난을 당하고, 총각들은 장가도 못 가고 사기를 당하고 한다. 한편 처녀들치

고 농촌에서 농사일을 거들면서 살아가는 사람은 없고 죄다 도시로
가 있다. 도시에서 살다가 어쩌다가 시골로 돌아와 농사꾼과 결혼해
서 사는 수가 있어 신통하다 싶으면 몇 해 안 가서 그만 어디로 가
버린다. 아이를 몇이나 낳아서 기르다가도 다 버리고 도망을 가 버
린다. 빚까지 잔뜩 지워 놓고. 이런 집이 한두 집이 아니다. 이런 현
상은 벌써 10여 년 전부터 온 나라에 나타나 이제는 갈수록 심하게
되었다. 나는 남녀 평등이고 호주제 폐지고 다 찬성하지만, 여성들
이 펼치고 있는 여권운동이란 것이 어째서 이런, 자신들이 사람으로
서 올바르게 살아가는 일에는 아주 눈을 감아 버리는지, 그것을 알
수 없다. 도시 생활이 잘못되었다고 깨닫고는 농촌으로 돌아오는 사
람들이 어쩌다가 있는데, 이런 가정에서 대개 남편은 농사꾼이 되고
싶어하지만 그 부인들은 도시에서 소비생활이나 즐기고 싶어한다.
그래서 흔히 이산 가족이 되고 만다. 또 부부가 함께 와서 농사를 짓
게 되는 경우에도 남편은 땀 흘려 애써 일하는데 여자들은 일을 싫
어해서 도시의 사치한 생활을 그대로 흉내내려고 하고, 집이고 옷이
고 겉모양만 내고 싶어한다. 그러다가 자식도 남편도 버리고 집을
나가는 것이다. 하도 이런 일을 많이 듣고 보아서, 방송이나 신문에
서 도시의 여성들이 온갖 수난을 겪고 인권이 짓밟히고, 윤락 여성
으로 팔리고 한다고 해도 그만 별로 동정이 가지 않게 되었다. 모두
가 제 잘못이고 '자업자득'이란 생각까지 들게 되었다.

비극의 교통사고 그리고 자살

이 마을에 홀로 사는 천씨 노인은 아들이 삼형제다. 딸도 있는데 몇인지 모르겠다. 세 아들 중 막내는 도시로 가서 공원으로 살아간다. 여기서는 맏아들과 둘째 아들 이야기를 하려고 한다. 맏이가 장가를 갔는데, 천씨 노인은 아들이 며느리와 같이 살지 못하도록 집에서 내쫓아 버렸다. "네 식구가 먹을 것은 어디 가서 네가 벌어오너라"고 한 것이다. 쫓겨난 아들이 밖에 나가 고생하다가 돌아오면 또 쫓아내고, 그러기를 2년 동안 되풀이했다. 아들은 집이 그리워 자꾸 돌아왔고, 흔히 집 뒷산에 숨어 있었다. 그래서 그 아내가 시아버지 몰래 음식을 산에 갖다주고 했다고 한다.

그러다가 맏아들은 동생 집으로 찾아갔다. 동생은 순경을 하고 있었다. 조카하고 같이 방에서, 동생 내외가 하루 일을 마치고 돌아오기를 기다렸다. 그러다가 술에 취한 순경동생이 돌아왔다. 아들이 아버지 옷 속에 들어 있는 권총을 꺼내어 장난을 치다가 그만 권총으로 큰아버지를 쏘아 죽게 했다.

남편을 잃은 큰며느리는 그 뒤로 더 한층 고된 시집살이를 했다. 남편이 살아 있을 때 난 아들이 하나 있었고, 남편이 죽은 뒤 뱃속에 들어 있던 딸아이가 또 태어나 두 남매를 키우게 되었다. 그럭저럭 그 아들이 자라나서 장가를 갔고, 손자가 하나 나서 초등학교에 다니게 되었다. 그런데 소풍 가는 날 할머니 손을 잡고 가다가 그만 버스에 치어서 죽었다. 아이 아버지(천씨 노인의 손자)는 자식이 죽은 뒤에 술로 살다가 역시 교통사고로 병신이 되고 말았다. 두 다리가 거의 절단되다시피 되었는데, 겨우 수술로 이어 붙여서 간신히 발을 떼어 놓을 수 있게 되었다.

순경을 하던, 천노인의 둘째 아들도 교통사고로 죽었다.

천씨 노인은 증손자가 소풍 길에서 죽은 이듬해 농약을 먹고 죽었다. 버스에 치어 죽은 아이의 엄마는 얼마 전에 연탄불로 두 번이나 자살을 하려고 했지만 죽지 못하고, 지금은 45세로 식물인간이 되어 있다.

우리 마을이고 이웃 마을이고 어느 집 할 것 없이 교통사고로 죽거나 크게 다친 사람이 없는 집은 거의 없다. 산짐승들이나 뱀과 개구리들이 비참하게 차바퀴에 깔려 죽어 가는 것과 다름없는 재앙을 시골 사람들은 받고 있는 것이다. 또 농약의 해독으로 죽거나 병들어 있는 사람이 없는 집도 찾아보기가 어렵다. 온 나라의 농촌이 다 이럴 것이다.

흙을 밟아야 살 수 있는 사람들

농사꾼 송씨

도랑말에 40대 농사꾼 송씨가 살고 있다. 식구는 올해 87세가 되는 어머니와 단 둘뿐. 자기 땅으로 밭이 너 마지기쯤 되는데, 남의 땅을 더 많이 부친다. 논농사는 없고, 고추·호박·오이·배추·무 같은 밭농사만 한다. 거름을 장만해서 땅을 잘 가꾸는데, 부지런하고 성실하기로 이웃 마을까지 소문난 진짜 농사꾼이다.

이 송씨는 5, 6년 전 나이 40이 채 안 되었을 때 서울 색씨와 결혼을 했다. 참으로 다행스러운 일이라고 온 마을 사람들이 반가워했다. 그런데 서울 색씨는 4년 가까이 살다가 그만 몰래 집을 나가 버렸다.

서울 색씨는 송씨와 같이 사는 동안 남편을 도와 일하는 법이 없었다. 밥조차 허리 꼬부라진 늙은 시어머니가 짓고 반찬도 시어머니가 장만해야 했다. 남편이 죽자살자 일해서 겨우 번 돈으로 옷이고 살림살이 물건이고 도시 사람 흉내내어 사 들이기를 좋아했다. 그리고 흔히 밖에 나가 음식을 사먹고 술을 마셨다. 이러자니 살림살이가 제대로 될 리가 없었다. 하지만 송씨와 어머니는 참았다. 때가 되면 괜찮아지겠지 하고 기다렸던 것이다. 또 자식을 낳게 되면 그 자식 때문에 사람이 달라질 수 있다는 생각도 들었다. 그러다가 색씨가 도망친 것이다.

여자가 도망친 것이 마을에 알려지자 이웃 사람들이 가출신고를 해 두어야 한다고 해서 신고를 했다. 가족이 어디로 가 버렸는데도 신고를 하지 않으면 가족을 학대하거나 쫓아냈다는 것으로 되는 모양이다. 그런데 알고 보니 송씨가 아내의 가출신고를 하기 전에 벌써 도망친 그 여자가, 자기는 학대를 받고 쫓겨 나왔다고 해서 재빨리 고소를 해 놓은 상태였다. 이래서 송씨는 맞고소를 하게 되었다. 당신이 집을 나간 것은 친정에 가 있는 것인데, 남편이 무능하고 시어머니가 학대했다는 것은 도무지 말이 될 수 없는 것 아닌가, 하는 사실을 적어서 맞고소를 했다. 그리고 마을 사람들도 송씨 집 사정을 잘 알고 있는 터라 송씨가 낸 고소장의 사실이 어디까지나 옳다는 것을 진정서로 써서 함께 내었다.

이런 경우에 참 이상하게도 판사가 여자 쪽을 편들게 되어 있는 모양이다. 판결이 났는데, 처음에는 남자가 여자에게 위자료를 몇천만 원이나 내도록 했다가 마지막에 가서 천여 만 원으로 줄여서 이

혼을 하게 되었다.

이제 송씨는 여자들이 겁나서 결혼을 할 엄두도 못 내고 있다. 아주 바쁜 농사철에는 도시에 사는 누이가 가끔 와서 허리 꼬부라진 어머니를 도와준다. 송씨 어머니는 요즘 힘이 달려 겨우 쌀 씻어 밥 짓고 간단한 반찬 장만하는 일을 겨우 하고 있다. 방에 앉아 있을 때는 허리를 바로 세워 앉아 있는데, 걸어갈 때는 허리를 90도로 꼬부려서 마치 기어가듯이 간다.

더러 도시 사람들이 찾아오면 나는 이 착한 송씨 이야기를 해 주면서, 왜 도시의 여성들이 이런 훌륭한 농사꾼과 함께 살고 싶어하지 않는가 하고, 더구나 여자들에게 묻는다. 그러면 농사일과 농촌 생활을 입에 침이 마르도록 찬양하던 사람조차 벙어리가 되어 대답을 하지 않는다. 사람이란 동물이 왜 이렇게 되었는지 나로서는 알 수 없다. 그리고 대관절 법이란 것이 어째서 그렇게 되었나? 농사꾼과 결혼해서 도무지 사람이라 할 수 없는 태도로 살다가 도망친 여자에게 도리어 위자료를 주도록 하다니, 이것이 여남평등이고 민주주의인가? 이래 가지고 농촌이고 도시고 우리 사회가 어떻게 제대로 되겠는가? 나는 이 송씨 일에서 분노가 치밀어 어찌할 수 없다. 그리고 이와 비슷한 일이 너무나 많이 일어나고 있다. 이런 사실을 여성운동을 하는 사람들이 어떻게 보는지 묻고 싶다.

차를 못 타는 사람

같은 도랑말에 혼자 사는 노인이 있다. 성은 김씨. 나이는 일흔. 부인은 오래 전에 농약을 마시고 죽었다. 딸 하나, 아들 둘을 두었는데, 모두 서울 근처에 나가 산다. 딸은 시집을 갔지만 아들 둘은 아직도 결혼을 못 하고 있다. 아무것도 가진 것이 없어 학교도 못 가고 일만 하는 사람은 도시에 나가서도 결혼 상대가 없다. 마을에서 결혼한 딸은 남편이 술고래로 살다가 결국 술로 죽고 말았다. 하도 가진 것이 없어서 혼례식을 치르지 못하고, 딸 하나 아들 하나를 낳고서 남편이 술로 거의 죽게 되었을 때, 마치 송장하고 혼례식을 치르듯이 했다. 마을 사람들 도움으로. 그렇게라도 죽기 전에 예식을 올려야 된다고 해서다.

이 김노인은 남의 집 머슴으로 살다가, 지금은 남의 밭을 조금 부치고, 품팔이로 살아간다. 손수 밥을 지어먹으니 빚은 물론 없다. 다른 데서도 말했지만 농사 많이 지어서 그것을 팔아 돈벌이하려고 하는 사람치고 빚 없는 사람이 없지만, 자기 식구들이 먹을 만큼 짓거나 품을 파는 사람은 빚 없이 살아간다. 도시에 나가 있는 두 아들의 도움도 받지 못하고 있다. 그 자식들 때문에 생활보호대상자로 혜택을 받을 수도 없어, 자식들이 큰 짐으로 되어 있다.

차를 타면 멀미가 나는지, 아무리 먼 길이라도 걸어다닌다. 요즘은 이발을 하거나 무슨 씨앗을 사야 할 때, 이삼십 리를 걸어서 면사

무너미 마을에서 밭농사 짓는 모습. 2004년 5월 10일.

무소가 있는 곳이나 ㄱ읍까지 걸어다닐 뿐이다. 한 해 동안 몇 번만 그렇게 걸으면 그만이다. 경운기고 무슨 기계고 손대지 않고 다만 호미로 김매고 괭이로 골을 타는데, 어쩌다가 소를 빌릴 수 있으면 그 소로 밭을 갈기도 한다.

김노인이 공짜로 부치는 산골 밭뙈기가 3킬로미터쯤 되는 곳에 있어, 한번은 우리 아이가 트랙터로 갈아주고 싶어서 그곳을 찾아가게 되었다. 그래서 노인을 안아서 트랙터에 태웠다. 그랬더니 깜짝 놀란 노인은 그만 기겁을 하고 차에서 문을 열고 기어 나오다시피 해서 나와 버렸다. 그리고는 밭을 못 갈아도 좋으니 차는 타지 않겠다고 했다. 그래 할 수 없이 노인과 같이 걸어서 십리 가까운 곳으로 가서 그 밭자리를 알아 놓고 다시 돌아와 트랙터를 몰고 가서 갈아주었는데, 밭 가는 시간보다 걸어다닌 시간이 더 걸렸다고 한다. 이 근처 사람들은 어떤 사람도 이 노인이 차를 타는 것을 보지 못했다. 면 직원들도 가끔 기회가 있어 이 노인을 차에 태워주려고 했지만 한번도 성공한 적이 없다고 한다.

김씨 노인은 어째서 그토록 차를 타지 않겠다고 하는가? 언젠가 한번 차를 탔다가 심한 멀미가 나서 혼이 났는지도 모른다. 옛날부터 시골 사람들은 차를 타게 되면 거의 모두 멀미를 한다. 차를 타고 단 1분도 안 되어 속이 울렁거리고 토하기 예사다. 그런 고통이 없고 차 속이 지옥으로 느껴진다. 이것은 내가 어렸을 때부터 차멀미를 하도 많이 해서 그 누구보다도 잘 안다. 하지만 사람들 가운데는 나처럼 차를 못 타는 사람이 있는가 하면, 처음부터 차를 즐겨 타는 사람이 있다. 이 둘 중에서 차를 못 타는 사람은 산짐승이나 들짐승에 가까운 몸 상태가 그대로 남아 있는 사람이 아닌가 싶다. 그래서 이런 사람은 현대의 기계문명 속에서는 그 생리를 맞출 수 없다. 하지만 참으로 깨끗한 자연의 심성을 잃지 않은 사람이라고 생각한다.

아무튼 김노인은 참으로 보기 드문 산사람 들사람이다. 그 오랜 세월 온갖 바깥 환경이 이 노인을 마치 장난감처럼 마구잡이로 괴롭혔을 터인데도 끝내 제 몸과 마음을 지켜왔다는 것은 얼마나 놀라운 일인가. 차를 범보다 더 무서워하는 사람, 이런 사람이 우리 시대에, 더구나 바로 내 이웃에 한 사람이라도 살아 있다는 것이 이만저만 위안이 되지 않는다.

쇠붙이 집과 정신병자

내가 있는 마을에서 찻길까지 가는 산기슭 길을 빙 돌아가면 왼쪽 산 위로 지금은 부도가 나서 텅 비어 있는 큰 공장 건물이 쳐다보이고, 그 공장 높은 옹벽 아래 마을 사람들이 사는 집이 네 채 있다. 그 중 한 집은 쇠붙이로 된 조립식이다. 그 집에는 70쯤 되는 노인 내외와 아들이 살았는데, 그 집에 들어가 살기 시작한 지 한 해 가까이 되자 할머니가 그만 정신병에 걸리고 말았다. 사람을 못 알아보고,

말을 횡설수설 알 수 없게 했다. 정신병원에 데리고 가서 2년 동안 치료했지만 낫지 않았다. 영감님이 생각 끝에 아무래도 낫지 않을 바에는 차라리 집에서 같이 사는 데까지 살아야겠다고 데리고 왔다. 집에 와서 다시 한 해가 지난 뒤 할머니는 세상을 떠났다.

이 일을 두고 우리 아이는 "사람이 쇠붙이 속에 갇혀 살면 병들어요" 했다. 정말 그럴까? 그렇다면 그런 조립식 집에 사는 사람이 적지 않고, 그런 사람들이 죄다 병들어 있어야 하는데, 왜 그렇지 않은가 하고 물으면, "사람의 체질에 따라 얼마쯤씩 그 정도가 다르겠지만, 그 사람들 몸 어딘가에 조금씩은 다 고장이 나 있을 거고, 그래서 그 병통이 자기들도 모르게 자꾸 더해 갈 겁니다" 하고 대답한다.

우리 아이 말은 물론 과학으로 증명된 것이 아니고 그저 그렇게 느낀 것을 말하는 것이겠지만, 이런 직감이란 것을 사실은 나도 아주 중요한 사람의 능력이라고 생각하고 있기에, 이 쇠붙이 집과 사람의 질병의 관계를 좀 생각해 보고 싶어졌다.

지난 한 달 동안 나는 서울 변두리에 있는 어느 병원에 입원을 하고 있었다. 그래서 가끔 그 병원의 일층과 이층을 승강기로 오르내려야 했다. 승강기가 몇 군데 있었는데 그 중 한 곳에 들어가면 도무지 참을 수 없을 정도로 고약한 쇠붙이 냄새가 나서 숨을 쉴 수가 없었다. 그때마다 나는 들이쉬는 숨을 멈추고 내쉬기만 하면서 오르내렸다. 내가 앉아 있는 휠체어를 밀고 다니는 우리 아이도 숨을 못 쉬었다고 했다. 만약에 내가 그런 쇠붙이 통 속에 살고 있다면 1년이 뭔가, 단 하루도, 아니 몇 시간 만에 숨막혀 죽을 것이다. 이래서 우리 부자는 또 쇠붙이 집 이야기를 하게 되었다.

정신병으로 죽은 그 할머니 얘기가 좀더 자세하게 되겠는데, 앞에서 말한 그 부도난 큰 공장이 들어서기 전에는 그 자리가 농사꾼들 집이 일곱 채 모여 있는 작은 마을이었다. 그런데 6, 7년 전 어느 정부 권력자를 등에 지고 있다는 소문이 난 사람이 와서 그 마을 집들을 죄다 사서 산을 깎아 크게 터를 만들어 공장을 지었다. 마을에서 쫓겨난 일곱 집 가운데 네 집이 그 공장 옹벽 밑으로 내려가고, 세 집은 아주 다른 마을로 옮겨갔다.

이 노인네 내외와 아들은 옛 마을 어귀 바로 길가에 집을 가지고 있었다. 제 땅도 없고 집만 가지고 남의 땅을 소작으로 일하면서 살았지만, 그 집 앞을 지나가는 사람들은 흔히 그 집에 들어가 쉬어 갔다. 그래서 그 집은 마치 사랑방같이, 주막집같이 언제나 사람들의 정다운 소리가 들렸다고 한다. 내가 알기로도 옛날부터 밤낮 모여드는 집은 결코 돈 많이 가진 부잣집이 아니고 가난한 집이었다.

아무튼 공장이 들어서게 되어 마을 사람들은 모두 떠나야 했다. 집값을 많이 준다니까 잘 됐다고 좋아했다. 평생 큰돈 한 뭉치를 쥐어본 적이 없는 농사꾼들에게는 천만 원이 아니라 5백만 원이라도 눈이 번썩 띄었던 것이다. 공상 쪽에서는 처음에 그 노인네한테 집값으로 5백만 원을 주겠다고 했고, 노인네도 그렇게 받기로 승낙했다. 이 소문을 듣고 우리 아이가 찾아가서 말했다. "제가 1천만 원

드릴 테니 저한테 파세요." 그리고, "2천만 원 안 주면 절대로 팔지 마세요" 했다. 이 말을 듣고 노인 내외와 그 아들이 크게 놀라면서, 이거 모처럼 큰돈 벌게 된 걸 놓쳐 버리는 것 아닌가 싶어 곧이 듣지 않다가, 마을 사람들도 우리 아이 말대로 버티어 보라고 해서 결국 2천만 원으로 결정되었다. 그런데 공장 쪽에서는 그 2천만 원을 돈으로 안 주고 그 값이 될 만큼 땅을 사고, 집은 조립식으로 지어주고 말았던 것이다.

또 하나, 여기에 보탤 이야기가 있다. 한 할머니가 서울에 나가 있는 아들집에 찾아가게 되었다. 그 아들은 꽤 높은 아파트에 살고 있었다. 가던 날 밤에는 승강기를 타고 올라갔으니, 그렇게 땅에서 높이 올라가게 된 줄을 몰랐다. 그런데 자고 일어나 창문으로 가서 바깥을 내다보고는 그만 깜짝 놀라 그 자리에 주저앉아 벌벌 떨었다. 일어서지도 못하고 그대로 앉은 채 엉덩이를 뒤로 미기적거리면서 벽 쪽으로 가서 기대고는 말했다.

"애들아, 어서 나를 집으로 데려다 줘. 여기 앉아 있을 수 없어."

그래 아들은 아침 대접도 못하고 그 어머니를 시골집으로 데리고 갔다고 한다.

이 할머니 얘기를 전에 들은 적이 있는데, 우리 아이가 하는 말이 "바로 그 할머니가 조립식 집에서 정신병으로 죽은 할머니입니다" 했다.

"아, 그랬구나. 그렇다면 그 할머니는 쇠붙이 집에서 그렇게 병들

146

어 죽을 수밖에 없겠다."

이래서 나는, 흙집에 살면 건강해진다는 것도 믿는다. 도시 사람
들이 가지고 있는 온갖 병들이 먹는 것을 비롯해서 공기며 시끄러운
소리 따위와도 깊은 관계가 있지만, 언제나 갇혀 있는 집과도 관계
가 있다고 본다. 한편 옛날부터 가지고 있던 그 깨끗한 몸과 마음을
아직도 잃지 않고 있는 자연인은 오늘날 기계문명의 해독을 놀랄 만
큼 재빠르게, 심각하게 입게 된다는 사실도 틀림없다고 믿는다. 산
짐승 들짐승들이 자꾸 죽어가듯이, 종달새와 제비가 사라지고 무지
개를 볼 수 없듯이 그리고 인디언들이 백인들에게 짓밟혀 죽어갔듯
이, 가장 착하고 아름다운 우리 겨레가 이렇게 해서 사라진다는 것
은 얼마나 서글픈 일인가.

하나 할머니가 살아온 이야기

내가 있는 이 무너미 마을은 지금 스무 집쯤 된다. 아침저녁으로 처다보는 해발 640미터의 부용산이 사방으로 밋밋하게 그 산줄기를 문어발처럼 수없이 뻗어놓아서, 그 산등성이마다 골짜기마다 크고 작은 마을들이 마치 숨바꼭질하듯이 숨어 있다. 무너미는 그런 마을 가운데 하나다. 모두 고추 농사와 담배 농사를 하여왔다. 지난해까지만 해도 70대에서 80대까지의 허리 꼬부라진 할머니들이 예닐곱 분쯤 있어서 농사철이면 모두 밭에 나가서 큰 일꾼 노릇을 했다. 그런데 작금년에 와서는 거의 모두 세상을 떠나 버려서 마을에는 일꾼을 얻지 못해 담배 농사고 고추 농사고 많이 줄이게 되었다. 젊은이들이라 해봐야 30대가 둘쯤이고, 거의 모두 50대와 60대지만, 이런 남정네들은 기계로 무엇을 실어 나르거나 한꺼번에 우닥닥 해치우는 일이나 잘할 뿐, 밭고랑에 앉아서 온종일 풀을 뽑거나 고추를 따는 일은 대체로 싫어한다. 허리가 꼬부라진 할머니들은 일을 빨리 하지는 못하지만 엎드려서 쉬지 않고 꾸준히 하니 젊은 이들보다 더 낫다. 그런 노인네들이 다 없어졌으니 농사일이 순조롭게 될 수 없다.

이 할머니들은 거의 모두 자식들이 없거나 있어도 먼 도시로 가 버리고 혼자 살았다. 채소고 담배고 고추고, 돈벌이를 하려고 농사를 짓는 집들은 집마다 빚을 산더미처럼 지고 사는데, 이 할머니들은 제 땅 한 평 없이 오두막집에 살아도 빚 없이 지낸다. 농사철에 품을 팔아 그 돈으로 한 해를 사는 것이다. 오히려 도시에 나가 있는 자식들이 가끔 와서 늙은 어머니한테서 돈을 뜯어가는 경우가 예사로 되어 있었다. 지금부터 그런 할머니 가운데 한 분의 이야기를 하겠다.

하나 할머니, 이것이 마을 사람들이 부르는 할머니 이름이다. 이름은 말할 것도 없고 성조차 모른다. 하기야 옛날부터 아낙네들은 이름이고 성이고 없었다. 서울서 왔으면 서울댁이고, 전주서 왔으면 전주댁, 경상도 한실 골짜기서 왔으면 한실댁이라고 했을 뿐이지. 그런데 무슨 댁이 아니고 하나 할머니라고 하게 된 것은, 셋째 며느리가 낳아 놓은 손녀 하나를 데리고 산다고 해서 마을 사람들이 붙여준 이름이었다. 셋째 아들이 죽고 나서 아이 엄마가 어디로 가 버린 것이다. 그러다가 그 손녀가 초등 3학년이 되었을 때 아이 엄마가 나타나 그 아이를 데리고 가 버렸다.

할머니 나이가 올해 85세. 지금은 회갑이 다 된 첫째 며느리와 단

둘이 살고 있다. 지난해까지 농사철이면 날마다 이웃집에 불려가서 아침부터 저녁까지 일을 했는데, 워낙 나이가 많아서 힘이 들기도 하지만 비슷한 나이의 노인들이 다 떠나 버려서 혼자 그렇게 일을 할 수가 없어 올해부터는 들일을 그만두고 서울에 가 있는 막내딸 집에 한참 가 있다가 이곳에 와서 첫째 며느리와 지내다가 한다. 다음은 할머니가 살아온 이야기인데, 지난해 우리 집 고추밭을 매면서 우리 아이한테 들려준 것이다. (이 마을에서 농약을 안 뿌리고 호미로 김을 매는 집은 우리 집뿐이다.)

할머니는 이북 출신이었다. 고향이 평양 근처였는데, 땅을 많이 가진 지주로 일제 시대에도 잘살았던 모양이었다. 해방이 되자 북녘에는 곧 소련군이 들어와서 공산주의 세상이 된다고 해서 38선을 넘어 남쪽으로 오게 되었다. 해방 직후라 아직 38선이 막히지 않아서 누구든지 넘나들 수 있었던 것이다. 소 열몇 마리에 쌀과 귀중품을 싣고 한 식구가 모두 넘어왔는데 그때 할머니 나이가 열대여섯쯤 되었던 처녀였다. 식구는 아버지와 어머니 그리고 오빠가 하나.

월남한 뒤로는 서울에서 자리를 잡았고, 곧 오빠가 결혼을 하고 자기도 결혼을 하게 되었다. 그러나 뜻밖에도 6·25의 난리판이 벌어졌다. 전쟁터에서 아버지가 죽고 오빠도 죽고 남편까지 잇달아 전사했다. 살아남은 사람은 어머니와 올케와 자신—이렇게 세 과부뿐이었다. 넉넉하던 살림도 아주 거덜나서 이제는 그날그날 입에 풀칠을 할 수도 없게 되었다. 어찌할 수가 없어 어머니가 아주 가슴아픈

결심을 하고는 딸과 며느리한테 이렇게 말했다고 한다.

"우리가 이대로 같이 있다가는 모두 굶어죽을 수밖에 없다. 이제 부터 따로 헤어져서 저마다 살길을 찾아 어디든지 가도록 하자."

이래서 딸은 딸대로, 며느리는 며느리대로, 어머니는 어머니대로 정처 없이 가게 되었다. 그 길로 딸, 곧 이 할머니는 이곳저곳 떠다 니다가 마지막으로 표착한 곳이 이곳, 충북의 산골짝 무너미 마을이 었고, 이 마을에서 다시 결혼을 하게 되었다.

재혼을 한 상대가 방앗간(정미소)에서 일하는 기술자였지만, 재산 이라고는 아무것도 없는 가난뱅이라 온 마을 사람들이 먹을 것을 갖 다주어서 혼례식을 치렀다. 그리고는 세월이 흘러 여섯 남매—아들 넷, 딸 둘을 낳아 길렀다는 것이다.

하지만 가시밭길로만 걸어온 할머니의 험난했던 삶은 이 마을에 뿌리를 내리고부터도 달라지지 않았고, 오히려 더 그 길이 험악해서 사람으로 마땅히 지녀야 할 정신마저도 흐트러지게 될 정도였다. 그 방앗간 기술자라는 남편은 알고 보니 어떻게 해볼 수가 없는 술고래 였고 노름꾼이었다. 맏아들이 좀 자라나서 농사일이라도 할 만하니 까 남의 집 머슴으로 보냈다. 미리 앞당겨 한 해 새경(한 해 동안 일 해 준 값으로 주인이 머슴에게 주는 돈이나 곡식)을 받는다는 조건으로 아들을 그렇게 머슴살이를 시켰다. 그렇게 해서 새경을 미리 받으니 제대로 온전히 받지 못했고, 조금밖에 못 받은 그 돈조차 아비는 술 과 노름으로 다 날려 버리곤 했다. 둘째 아들도 셋째 아들도 그렇게 해서 머슴살이를 시켰다. 그런 남편과 그렇게 남의 집에 팔려간 자식들을 두고 살았으니 그 삶이 얼마나 고달프고 애간장이 탔겠는가. 그러다가 맏아들은 이 마을에서 장가를 갔는데, 그 아버지를 닮아서 술주정뱅이로 살다가, 아이 셋을 남기고 끝내 술로 죽었다. 이 마을 윗돔에서 온갖 고생을 다 하면서 세 아이를 키우던 맏며느리는, 이제 큰딸이 시집을 가고, 큰아들은 도시에 가서 공장 노동을 하고, 둘째 아들은 군에 가 버려서 혼자가 되어, 아랫돔에 역시 홀로 있는 시어머니인 이 할머니한테 와서 함께 지내게 된 것이다.

그런데 할머니의 둘째 아들도 셋째 아들도 그 아버지를 닮아 술만 마시고 살았다. 모두 장가를 갔지만 둘째 아들은 술에 중독이 되어 사람 노릇도 못하고 죽었고, 그 며느리는 아들 하나를 데리고 어디로 가 버렸다. 셋째 아들은 술을 하도 먹어서 부인이 도망을 가 버린 뒤에 역시 술로 죽었다. 바로 이 셋째 며느리가 버리고 간 딸아이를 데리고 키웠는데, 그래서 하나 할머니가 된 것이다. 그 뒤로 그 딸아이(곧 손녀)마저 제 엄마가 와서 데리고 가 버렸다.

할머니의 남편인 그 술고래가 아직 살아 있을 때였다. 맏아들 내외하고 한 집에서 살고 있었는데, 며느리가 아들아이를 낳았다. 손자가 난 것이다. 그런데 시어머니가 또 딸을 낳게 되었다. 이 할머니는 부끄럽기도 하고, 그보다도 워낙 먹을 것이 없는 터라 아이를 키워낼 자신이 없어서, 그만 자기가 낳은 그 딸아이를 부엌에 안고 나가서 목을 졸라 죽이려고 했다. 두 손으로 아이 목을 꼭 조르고 있는

데 며느리가 달려가서 이래서는 안돼요 하고 울면서 말렸고, 그래서 죽을 뻔했던 아이가 살아났다. 맏며느리는 자기 자식과 시어머니가 낳은 그 딸아이까지 같이 키웠다. 밭고랑에 엎드려 김을 매던 하나 할머니는, 그렇게 해서 자기 자식을 목 졸라 죽이려고 했다는 말을 하면서, 잡고 있던 호미를 거꾸로 돌려 그 호미 자루와 호미 날 사이의 목 있는 데를 두 손으로 꽉 움켜쥐는 시늉을 해 보이더라고 했다.

이 하나 할머니가 낳은 딸 가운데 막내는 이렇게 해서 죽다가 살아났는데, 맏딸 이야기가 또 있다. 맏딸은 처녀 때 집을 나가 버렸다. 스무 해도 넘게 소식이 없었는데, 지난해 어떤 고등학생이 와서, 이 무너미 마을에 우리 외갓집이 있다는데 하고 찾더란 것이다. 그래서 얘기를 해보니 그 옛날 집을 나간 이 할머니의 맏딸이 낳은 아들이었고, 그 나이가 열여덟 살이나 되었다. 그래서 뜻밖에 만난 그 외손자를 따라 딸을 찾아갔더니, 전라도 어느 바닷가 시골 마을이었고, 그다지 넉넉하지는 않았지만 그런대로 바다에서 고기도 잡고, 농사도 지으면서 살고 있더라 한다.

앞에서 말한 대로 지금 하나 할머니는 맏며느리와 단 둘이 살고 있지만, 가끔 서울에 있는 막내딸네 집에 가 있기도 한다. 자식들이 다 죽고, 어디로 가 버리고 하였지만, 그 막내딸만은 친정 어머니한테 효성이 지극하다고 한다. 목을 졸라서 죽이려고 했던 그 딸자식이 도리어 효녀가 된 것이다.

함께 사는 맏며느리는 성이 황씨로 되어 있지만 사실은 황씨가 아

닌 모양이다. 아버지가 세상을 떠난 뒤로 그 어머니가 황씨 집으로
개가를 하게 되었고, 그래서 어머니를 따라가서 의붓아버지의 성을
따라 황씨라 했다는 것이다. 그러다가 어머니가 돌아가신 뒤로 그
마을 사람들이, 네 성은 신씨인지 김씨인지 모른다고 일러 주더라고
했단다.

고추밭을 매면서 들려주는 할머니의 이야기가 대강 끝났을 때, 듣
고만 있던 우리 아이가 할머니한테, 이북에서 살던 어렸을 때 일이
생각나면 들려 달라고 했더니 이런 말을 하더라 했다.

"왜, 거, 새벽에 동쪽 하늘에 떠 있는 커다란 별 있지요? 그 별, 샛
별을 우리 고향에서는 김일성 별이라 했어요. 모두 그랬어요."

역시 북녘에서는 김일성이란 전설 속의 영웅을 모두 믿고 있었구
나 싶다.

자기 자식을 목 졸라 죽이려고 했다면 얼마나 지독한 사람이겠는
가 하고 누구나 생각할 것이다. 그런데 이 할머니는 참으로 정이 많
은 분이다. 벌레 한 마리도 밟지 않으려 한다. 남에게 조금이라도 도
움을 받으면 그것을 잊지 않고 반드시 그만한 갚음을 해준다. 이웃
집 농사일을 도와줄 때도 자기 집 일처럼 언제나 성실하게 한다. 그
리고 이 마을 할머니들은 모두 이 하나 할머니 같은 착한 분들이었
다. 이분들이 이제 다 사라지게 된 것이다. 그래서 그 뒤로 젊은이들
판이 되었는데, 거의 모두 학교 교육을 받으면서 도시에서 자라나거
나 도시 물을 먹은 이 젊은이들은, 앞서 가버린 할머니들과는 아주

딴판으로, 정반대로 살고 있다.

　지금까지 할머니 한 분이 살아온 이야기를 대강 설명하듯이 적었는데, 이 마을 사람들의 이야기를 들으면 거의 모든 집들이 그 사정은 집마다 다르지만 온갖 어처구니없는 비극의 역사를 간직하고 있다. 그리고 사실은 이 마을뿐 아니고 이웃에 있는 어떤 마을도 다 그렇다. 내가 듣고 보아서 알기로 경상도고 전라도고 강원도고, 어느 산골에 가도 바닷가에 가도 이런 사람들로 우리 겨레가 이뤄져 있다. 이른바 풀뿌리 백성들의 참 모습이 이러하다. 이들이 흘린 땀과 피가 우리 강산을 지켜주고, 이 겨레의 목숨을 이어오게 하였다. 이들이 산과 들에서 일하면서 풀어낸 이야기와 부른 노래가 진짜 우리 겨레의 말이요 문학이요 예술이다. 양반들이 방안에서 읊은 한시가 우리 것일 수 없고, 궁중에서 부르던 노래가 참된 우리 겨레의 것일 수 없다. 그런데 지금 책만 읽은 사람들이 머리로 만들어내고 있는 문학이란 것, 예술이란 것이 정말 어떤 길로 가고 있는 것일까? 이 땅에 소리 없이 묻혀갔고 묻혀가는 우리 백성들이 살아온 역사에서, 오늘날의 이 뿌리 없는 도시 문화를 새삼 생각하지 않을 수 없다.

돌아갈 고향도 없다

그저께 저녁에 정우가 밥을 먹으면서 했던 이야기를 적어둔다.

이 마을에 평생을 살다가 5년쯤 전에 서울 있는 딸네들한테 가 있던 두 노인 내외가 다시 마을로 돌아오고 싶어한다는 것인데, 오늘 예순 대여섯 되는 그 바깥 노인이 가게에 찾아와서 이야기하는 것을 들었다는 것이다.

그 노인은 이 마을에서 '지도자'로도 있었고, 아주 봉사일을 부지런히 했는데, 논밭은 자기 땅이 없어 모두 소작으로 부쳐 일해서 살았다. 자식은 두 딸과 아들 하나. 두 딸은 시집 가서 서울에서 살고, 아들도 서울 있는데 근근이 살아가는 형편이라 부모를 모시지 못하고, 딸들이 시골에서 부모들 고생한다고 서울로 불러서 5년 전에 가게 되었다고 한다.

서울로 갈 때, 살고 있던 집을 팔게 되었는데, 집터는 남의 것이고 단지 집뿐이지만 마당과 집 뒤로 감나무, 살구나무, 복숭아나무 들을 심어 놓아서 잘 가꾸어 놓았다고 한다. 그 집을 160만 원에 사겠다고 이 마을 어떤 사람이 계약금 10만 원까지 건네고는, 그만 안 사겠다고 했는데, 그래서 할 수 없이 130만 원으로 팔았다는 것이다. 그때 정우가 그 노인에게 "집을 팔지 말고 그냥 두고 가세요. 서울 가서 또 어떤 사정이 생겨 다시 돌아올는지 모르니까 그냥 두고 가시는 게 좋겠어요" 하고 권했지만, 듣지 않고 팔아 버렸다는 것이다.

그런데 서울 가서 딸이 살고 있는 아파트 삼층에 함께 살았다. 안노인은 오래 전부터 눈이 잘 안 보이더니 이제는 아주 앞을 못 보게 되었지만, 그래도 밤과 낮을 알아차릴 정도는 되어서 경로당에 날마다 가서 지냈다고 한다. 또 노래를 잘 불러서 경로당에서 노래 부르고 지내는 것을 낙으로 삼고 있었다. 그런데 바깥 노인은 아무것도 할 일이 없고 심심해서 견디기가 매우 힘들었다고 한다. 그렇다고 다시 고향으로 돌아갈 수도 없어 답답한 나날을 보냈다는 것.

그러다가 얼마 전에는 그 딸이 삼층에서 13층으로 옮겨 살게 되었다. 낮은 층 아파트를 높은 층 아파트로 새로 뜯어 고쳐서 지었던 것 같다. 그래서 그 13층 아파트로 이사해서 살게 된 첫날부터 큰 문제가 생겼다. 13층에 올라갔더니 어지럽고 정신을 차릴 수가 없었다. 밥을 먹으면 자꾸 토하게 되었다. 이래서 도무지 견딜 수가 없어 어떻게 해서라도 고향 마을로 돌아가기로 했다는 것이다. 두 딸들도 부모들이 그렇게 음식을 토하고 하니까 안 되겠다 싶었던지 다시 이곳 마을로 돌아가시도록 했는데, 여기 와서 그 옛날 집을 도로 팔아

눈에 덮인 고든박골의 흙집. 2003년 겨울.

달라고 했더니 그 집을 산 사람이 이 집에 들어가 살지도 않고 그저 창고처럼 쓰면서도 안 된다고 하더라는 것이다. 값을 3백만 원 주겠다고 해도 안 판다고 했다니, 한 마을에서 같이 살던 사람이 어디 그럴 수가 있나 했다.

그래서 정우한테, 어디 집 하나 지어줄 수 없나 해서, 집을 지을라면 돈이 1, 2백만 원으로는 안 되고, 더구나 땅을 사야 하는데 적어도 2천만 원은 있어야 한다고 했더니 그 노인 말이 딸들이 조립식 집을 장만할 정도는 돈을 주겠다고 한다 했다. 그렇지만 땅이 있어야 하는데 어떻게 하나 하고 걱정했다는 것이다. 그러면서 정우가 "저기 느티나무 밑에 지어 놓은 집 있지요? 그거 지금 고삿집으로 쓰는 것 말입니다. 그거 수리해 드릴 테니 거기 들어가시지요, 했더니, 고삿집에 사람이 어떻게 들어가 살아요. 하잖아요" 했다. 그리고는 "할 수 없으면 고든박골 우리 회관 밑에 사둔 밭 한쪽에 조립식 집을 세우도록 할까 합니다. 그 노인네들 살다가 떠나면 그 집 없애면 그만이고 살아 있는 동안은 그냥 살라고 주는 거지요" 했다. 그래서 "그래라, 그렇게 해서라도 그 노인을 도와줘야지" 했다.

그러다가 어제 저녁에 정우가 왔을 때, 그 노인이 말한 집 어떻게 하기로 했나 하고 물었더니 대답이 이랬다.

"저 앞에 마을회관 있지요? 그 회관, 집만 그렇게 지어 놓고 쓰지도 않고 언제나 비어 있지요. 그래서 거기 들어가 있게 하면 좋겠다 싶어 마을 사람들한테 그렇게 해주자고 했더니 안 된다고 해요. 참 사람들, 정이 딱 떨어져요. 늘 비어 있는 집이고, 그렇게 갈 곳 없는 노인네들에게 있도록 하면 얼마나 좋아요? 인심이 이 지경이래요." 했다. 그리고는 다시, "그 노인이 어디 품팔이해서라도 여기 와서 살고 싶다고 해요. 그러면서, 딸들이 조립식 집을 세울 만한 돈을 장만하게 되면 다시 와서 의논하겠습니다, 하고 오늘 떠났습니다" 했다.

　농민들의 마음이 이렇게 야박해졌다. 이게 도무지 사람의 마음이 아니다. 이런 인간들의 앞날에 무슨 희망이 있겠는가.

제5부

모든 것을 잊어도 노래만은 살아남아

재앙은 누가 일으키는가

지하철이 불탔다는 소식을 들은 그날 저녁 나는 대구의 여러 친지들에게 전화를 걸었다. 우선 안부라도 묻고 싶었고, 같은 도시에서 그런 일이 일어났으니 얼마나 놀랐겠는가 싶어 그 심정을 함께 나누어야겠다는 생각과 함께, 좀더 사건의 진상을 그곳 사람들의 목소리로 들을 수도 있겠다는 기대도 하였던 것이다. 그래서 좀 긴장이 되어 수화기를 잡았지만 뜻밖에도 들려오는 목소리는 조용했다. "우리는 다 무사하다"든가 "알고 있는 사람으로 참변을 당한 사람은 없어요" 할 뿐이었다. 몇 군데 걸었던 전화가 다 그랬다. 나와 가까운 사람들이 무사히 잘 있다는 소식은 다행이었다. 그러나 한편으로 어쩐지 맥이 탁 풀렸다. 이게 아닌데, 이럴 수 없는데, 하는 생각이 들었다.

그렇다. 같은 시내에 살면서 그런 엄청난 비극이 일어났는데도 나만 당하지 않으면 된다는 생각으로 사람들은 살아가는 것이 아닌

이오덕 선생님 묘소로 들어가는 입구에 세워져 있는 돌비석(위의 사진. 2004
년 5월)과 묘지(2003년 겨울).

가? 그런 어처구니없는 일이 터졌다면 당장 달려가서 그 현장을 보기라도 해야 할 터이지만, 그렇게는 못 했더라도 남의 일처럼 여겨서, 사람이란 운수가 사나우면 언제 어디서 어떤 일을 당할지 모르는데 나는 오늘 운수가 좋았어, 하고 그런 일을 보아 넘긴다면 앞으로도 그와 같은 불행한 일은 자꾸 일어날 것 아닌가? 내가 전화 몇 통화로 그곳 사람들의 마음을 잘못 짐작했다면 정말 다행이겠다. 그 뒤에 신문과 방송에서 보고 들은 대구 사람들의 슬픔과 분노와 몇몇 사람들의 목숨을 건 구조 작업이며 모금과 추모행사는 내가 전화로 들었던 목소리의 느낌과는 아주 딴판이었던 것도 사실이니 아마도 내 첫 짐작은 잘못된 것이리라.

그런데 한참 뒤 새로 취임한 대구 출신이라는 어느 장관이 그곳에 다녀왔다면서 국무회의에서 했다는 말은 내 머리를 갸우뚱거리게 했다. "대구에 갔더니 민심이 아주 예사롭지 않더라. 꼭 광주사태 때 그곳 민심 같더라" 뭐 이런 말을 했던 것을 신문에서 읽었다. 대구 지하철 방화 사건과 군벌이 저질은 광주의 학살 사건을 이렇게 비슷한 것으로 견주어서 그 사건을 당한 사람들의 심정을 말한다는 것은 어느 모로 보나 어울리지 않는 어설픈 말이고, 문제의 본질을 얼버무리는 태도다. 지하철의 재난을 더욱 크게 떠올려 보려고 한 것이라 이해는 되지만, 장관이 그런 말을 한다고 작게 보이던 사건이 크게 보이는 것도 아니다. 그 사건의 엄청난 비극성은 벌써 세상이 다 알고 있는데 새삼 그런 말을 무엇 때문에 하는 것인지, 문제의 근본을 찾아보려는 말은 한마디도 없었으니 쓸쓸한 느낌이 들었다. 아직 젊은 분이라서 말을 하다 보면 그럴 수도 있겠지. 하지만 노대통령조차 그 장관의 말에 크게 화답해서 무엇을 어떻게 하라고 지시했던 것으로 안다. 문제의 근원을 찾아내어 그것을 풀어보려고는 하지 않고 모든 일을 그때그때 임시변통으로 때워 넘길 줄밖에 모르는 것이 우리가 하는 일이다.

처참한 재앙이 일어난 바로 다음날 아침에 맏아이가 내 방에 와서 이런 말을 했다. (이 맏아이는 이곳에서 농사일만 하는 농사꾼으로, 지금까지 지하철은 겨우 몇 번쯤밖에 타본 적이 없다.)

"방송을 여러 번 들었는데요, 그런 재난에 대비했다는 말이 조금도 믿어지지 않아요. 역무원이 '안내 방송 다 했고 전동차 문도 다 열어 놓았다'면서 자기는 아무데도 다친 데 없이 나왔지요. 그런데 거기 탔던 사람들은 모두 '문이 닫혀 있었고 방송도 없었고 불도 꺼져 있었다'고 했다니 그 역무원이 거짓말을 한 겁니다. 그리고 불이 난 땅 밑에서 나올 때는 지하철의 출입구로 올라가서는 안 됩니다. 그건 죽는 길이래요. 연기고 가스고 죄다 그 출입구로 솟구쳐 올라가지요. 그러니까 살아날라면 출입구와는 반대편으로 가면서 연기와 독가스를 피해야 합니다. 그쪽으로 바람이 들어오니까요. 그런데 안전대책을 말하는 전문가란 사람들, 대학교수란 사람들도 그런 말 하는 사람이 아무도 없어요. 저는 그저 상식으로 생각해도 뻔한 이치인데 그런 걸 모두 모르고 있는 것 같아요."

맏아이는 지하철 도면을 그려 보이면서 한참 설명을 했다.

"불이 꺼져서 아무것도 안 보이더라도 그저 바람이 들어오는 이쪽으로 조금이라도 가면서 연기와 독가스를 피하는 길밖에 없어요."

정말 그렇겠다 싶었다. 어제 방송에서 출입구 계단에서 쓰러져 죽은 사람이 많다고 했는데, 왜 거기까지 나가다가 그렇게 되었나 했더니 꼭 그렇게 되어 있었던 것이다. 바로 죽음의 연기와 가스를 마시러 간 것이다. 참으로 그런 일은 누구나 상식으로 알고 있어야 할 터인데 그런 상식을 모르고, 알리지도 않았던 것이다.

그런데 지하철에 불이 났을 때 누구나 잘 알고 있어야 할 이런 중요한 상식은 그 며칠 뒤에 겨우 방송과 신문에서 듣고 읽을 수 있었다. 그리고 본래 지하철을 설계했을 때는 땅 밑에서 땅 위로 공기가 빠져 올라가도록 구멍을 많이 내고, 비상탈출구 같은 것도 만들도록 되어 있었는데, 실제로 공사를 할 때는 비용을 줄이기 위해서 그런 안전 시설을 설계대로 하지 않았다고 하니, 이게 모두 사람이 스스로 일으킨 재앙이 아니고 무엇인가.

신문에서 본 사진인데, 지하철 드나드는 그 계단 구멍에서 시꺼먼 연기가 무섭게 터져나와 하늘 높이 솟구쳐 올라가고 있었다. 저런 연기 속에서 사람이 어떻게 살아날 수 있겠는가. 땅 밑 굴에서 1천 도도 넘는 열로 아주 그 모양을 알아볼 수가 없게 된 진동차를 찍어 놓은 사진을 보지 않고 땅 위로 솟구치는 그 연기만 보아도 얼마나 그 사건이 끔찍했던가를 짐작할 수 있었다.

지난해 가을 어느 날이다. 이곳 산길을 걸어가는데, 어디서 고약한 냄새가 나서 숨을 쉬기가 고통스러웠다. 누가 밭에서 비닐을 태우는가 보다 하고 근처를 둘러보았지만 사방 어디에도 사람이 안 보였고 태우는 연기도 볼 수 없었다. 그런데 하늘을 쳐다보았더니 산등을 넘어 저쪽 골짜기 위로 한 줄기 가느다란 연기가 하늘로 올라가고 있었다. 그 연기에서 나는 냄새였다. 그 연기는 하늘로 바로 올라가고 있어서 바람이 이쪽으로 불어오는 것도 아니었다. 또 그 연기가 나는 곳에서 내가 걷고 있는 곳까지는 직선 거리로 적어도 300미터는 되어서, 멀리서 하늘로 올라가는 그 연기를 눈으로 보기만 할 때는 그럴듯한 가을 풍경의 일부로 느껴질 수도 있는 것이었다. 그런데 무엇을 태우기에, 얼마나 지독한 것을 태우기에 이렇게 고약한 냄새가 여기까지 나는가? 냄새를 억지로 참으면서 그곳에 갔더니, 큰아이가 창고를 지으면서 벽에 붙이다가 남은 건축 재료의 부스러기를 드럼통에 넣어서 태우고 있었다. 그것은 학교 아이들이 쓰는 책상 널빤지 하나 부숴 놓은 정도밖에 안 되는 것이었다. 이게 뭔가 물었더니 플라스틱 종류인데 '에프 알 피'라고 했다. 나는 그것을 보고 비닐이고 플라스틱이고 에프 알 피고 하는 것이 얼마나 흉악한 인간의 발명품인가를 새삼 몸서리치게 느꼈다. 그런데 지하철차 안에 천장이고 벽이고 바닥이고 붙여 놓은 재료들, 의자고 광고판이고 하는 것들이 거의 모두 이런 무서운 싸구려 발명품들로만 되어 있으니, 거기 한번 불이 붙었다고 할 때 어찌 되겠는가? 연기도 연기지만 그 뜨거운 열과 흉악한 독가스로 웬만큼 멀리 피하지 않고 서는 사람이 살아날 길이 없을 것이다. 그런데도 사람들은 그 비닐 과 플라스틱 같은 것이 값싸고 편리하다고 그릇이고 차고 옷이고 집 이고 길이고 논밭이고 온통 번쩍번쩍하게 만들어 놓기를 좋아한다. 책조차 뻔질뻔질하게 겉장을 입히고, 꽃다발도, 이른봄에 피어난 버 들강아지조차 비닐로 덮어 싸서 팔고 사고 한다. 이래서 땅이고 바 다고 온 지구가 비닐과 플라스틱으로 덮여가는데 사람이 망하지 않 고 어찌 하겠는가?

　신문과 방송은 지하철 화재 사건의 원인과 책임을 한 달도 넘게 날마다 따지고 토론하면서 알렸다. 그 가운데서 내 기억에 가장 뚜 렷하게 남아 있는 논란거리가 되었던 것이 노동조합 쪽에서 주장한 인력 부족 문제였다. 종업원들이 할 일을 제대로 못할 만큼 언제나 지쳐 있는 상태라는 것이다. 일은 많은데 사람을 줄이니까 이런 사 고가 났을 때 더욱 크게 사태가 벌어져서 감당할 수 없게 된다는 말 이다. 그것은 사실일 것이다. 그리고 그 책임은 어디까지나 경영하 는 사람들이 져야 할 일이다. 그러니까 이 사건은 지하철을 설계하 여 시공하는 일에서부터 시작해서 운용하는 일까지, 마치 싸구려 상 품을 엉터리로 만들어 그것을 마구 팔고 있는 꼴이 되어 버렸다고 할밖에 없다. 그런 짓을 정부가 하여왔다. 그러나 그 정부가 어디 하 늘에서 내려왔을까? 우리 온 국민이 그런 정부가 되도록 한 것이다.

그러면 노조 쪽에서 주장하는 대로만 하면 문제가 다 풀릴까? 그렇다고 말할 수 없다. 내가 보기로 지하철을 움직이는 일을 맡고 있는 사람들 가운데 그 자리가 어느 곳에 있었던 사람도 자기가 마땅히 해야 할 기본이 되는 일을 성실하게 한 사람은 드물어 보였다. 적어도 신문과 방송을 보고 들은 바로는 그랬다. 더러는 도무지 그런 일을 할 수 없는 사람이 그런 자리에 있구나 싶기도 했다. 지하철뿐 아니다. 관공서고 학교고 회사고 어느 직장에서도 대체로 우리 나라 사람들은 자기가 맡고 있는 일을 정직하게 정성껏 하는 사람을 찾아보기 어렵다. 남의 눈에 잘 보이는 것은 그럴듯하게 해 보이지만 남이 안 보는 데서 해야 하는 일은 하고 싶어하지 않는다. 커다랗게 보이는 일은 얼렁뚱땅 잘하는 것 같지만 아주 기본이 되는 조그만 일은 거들떠보지도 않는다. 그래서 다리를 놓거나 집을 지어도 겉모양만 멋지고 번들번들하게 보이도록 하고, 무엇이든지 큰 것, 높은 것을 자랑한다.

어느 평론가가 일본 사람들이 '축소지향적'이라고 비판했다고 하는데, 그 평론가는 조그만 일에만 매달려 있는 일본 사람들이 우습게 보이고 형편없는 사람들이라 생각되어 그런 말을 하였겠지만, 나는 그 말을 도리어 일본 사람들과는 대조가 되고 아주 반대가 되는 우리 나라 사람들의 잘못된 성격을 너무나 잘 나타내는 말이 되었다고 생각한다. 일본 사람이 축소지향이라고 한다면, 그렇게 말하면서 얕잡아보고 비웃는 이들은 '확대지향'이 아니고 무엇인가? 축소지

회관에 모셔 놓은 빈소. 2004년 5월 10일.

향과 확대지향, 그 어느 쪽이 나은가? 이런 얘기는 그냥 우리가 추상된 말만 가지고 해서는 아무 뜻도 없다. 실제로 하는 행동에서 삶에서 생각하고 말할 때 비로소 어떤 뜻으로 나타난다. 세상의 일은 어떤 것이든지 조그마한 일에서부터 시작한다. 그런 조그마한 일, 기본이 되고 바탕이 되는 작은 일을 성실하게 꼼꼼스럽게 하는 태도와, 그런 기초가 되는 작은 일은 대수롭잖게 해치워 버리고 커다란 것, 높다란 것, 사람들의 눈을 끄는 것만 하고 싶어하는 태도, 이 둘 중에 어느 것이 바람직한가? 어느 길을 가야 우리 사회가 제대로 되겠는가?

일본 사람 말이 나왔기에 생각나는 사람 이야기를 하나 하겠다. 세상을 성실하게 살아야 한다는 문제를 생각할 때마다 내 머리에 떠오르는 사람이다. 나카노 시게하루(中野重治)라고 하면 20세기의 일본 문학을 대강이라도 훑어본 사람은 누구나 그 이름을 잘 알고 있을 것이다. 무산계층을 위한 문학운동을 앞장서 이끌어가면서 1920년대부터 50년 동안 수많은 소설과 시와 평론을 쓴 사람이다. 제2차 세계대전이 끝난 뒤에는 한때 공산당의 참의원으로 활동하기도 했다. 그런데, 전두환 정권이 들어설 무렵이었다고 기억하는데, 우리나라 어느 신문에 나카노가 죽었다는 기사가 조그마하게 났다. 그 기사에는 그가 암으로 죽었다는 것과, 말년을 어떻게 보냈는가 하는 이야기가 적혀 있었다. 그는 말년에 도쿄의 자택에서 마을 반장 일을 맡아보았고, 그 반장 일을 아주 꼼꼼스럽고 성실하게 하고 있었다는 것이다. 나는 그 기사를 읽고 크게 감동했다. 역시 일본 사람은 우리와 다르구나 싶었다. 우리 나라 사람이라면 국회의원 한번 했다고 하면 반장이 뭔가, 동장이고 군수도 눈앞에 안 보일 것이다. 그래서 대통령 한번 해먹으면 인생이 끝나고 마는 꼴이 된다. 그런데 한 시대를 휩쓸었다고도 할 수 있는 그런 문학인이 마지막에 반장 일을 맡아서 이웃 사람들 심부름을 하다가 세상을 떠났으니 그 얼마나 인생을 성실하게 살아간 사람인가. 일본 사람이라고 다 그렇지는 않겠지만, 내가 알기로 일본에는 그런 사람이 많다. 그런데 우리는 그런 사람을 거의 만날 수가 없는 것이 사실이다. 앞에서 말한 그 평론가에게 말하게 한다면 나카노야말로 축소지향으로 살아가는 일본 사람의 본보기라고 할 터이지만, 내가 보기로는 그 축소지향이란 것이 정말 부럽다. 자기 몸을 낮추고, 조그만 일을 귀하게 여긴다는 것은 얼마나 깨끗하고 아름다운 마음인가. 그런데 왜 우리는 확대지향을 도리어 자랑스럽게 여기는 괴상한 국민이 되었는가?

왜 우리는 자기가 맡은 작은 일을 성실하게 할 줄 모르는가? 이 물음은 좀 다른 말로 얼마든지 내놓을 수 있다. 왜 지하철에 불이 나서 그 많은 사람이 죽어야 하나? 왜 높은 빌딩과 다리가 갑자기 무너지는가? 왜 고급 공무원들이 그렇게 썩어빠졌는가? 왜 외국으로 나가는 관광객들이 흥청망청 돈을 쓰면서 온 세계에 추태를 보이는가? 왜 이른봄인데도 지하철 전동차를 냉방으로 만들어 거기 탄 사람들을 떨게 하면서(일전에 그런 기사를 신문에서 읽었다) 또 겨울이면 사무실이고 아파트고 더워서 옷을 벗고 있어야 되도록 전기를 마구 쓰는가? 그러면서도 왜 원자력 발전소는 우리 고장에 지을 수 없다고 하고, 핵폐기 처리장도 안 된다고 하는가? 왜 우리 동네에는 장애인 시설을 받아들일 수 없다고 하는가? 왜 어린아이들을 훈련한다고 한 집에 재워 놓고는 불에 타 죽게 하는가? 왜 아이들이 해마다 백몇십 명이 자살해 죽어도 어른들은 눈 하나 깜짝하지 않고 여전히 아이들 잡는 교육에 온통 미쳐 있는가? 왜 우리는 온 세계 사람들이 훌륭하다고 부러워하는 말과 글을 가지고 있으면서 도리어 그 말과 글을 멸시하는가? 그래서 남의 꼬부랑말을 아기들에게 가르치려고 어린것들의 혀를 수술하는 짓거리를 하는가? 왜 부모가 권력과 돈을 가지고 있으면 그 자식들은 군대에 가지 않아도 되는가? 왜……

　이제 이 모든 물음에 대답해 보겠다. 우리가 왜 이 꼴이 되었나 하는 것이다. 이 글을 쓰는 까닭이 여기에 있다. 바로 그 지하철에서 불을 지른 사람에 관한 이야기가 되겠는데, 그는 나이가 57세라고 했다. 수많은 사람이 타고 있는 차 안에 들어가서 모두가 보고 있는데서 불이 붙는 기름병을 가방에서 꺼내어 라이터로 불을 붙여 던졌다. 그래서 순식간에 차에 불이 붙어 버렸다. 대체 멀쩡한 사람이 그런 짓을 하다니! 그래서 모두가 그 사람을 정신이상자로 보았고, 따라서 이번 화재의 원인과 책임을 밝히는 문제에서도 이 정신이상자만은 제쳐두는 태도였다. 더러 문제를 삼는다는 것이 기껏해야 정신병자들이 가끔 무서운 범죄를 저지른다는 잘못된 판단을 해서 심신에 장애를 입은 이들에게 상처를 주었던 것 같다. 내가 알기로 심신장애인들은 다른 정상인이라고 하는 사람들보다 오히려 더 사람다운 마음을 가지고 깨끗하게 살아가는 줄 안다.

그 방화범은 아주 멀쩡한 사람이다. 차 안에 들어가서 불을 지르는 짓을 어떤 목표를 가지고 계획을 해서 저질렀다. 두어 해 전에 중풍으로 쓰러진 뒤에 우울증으로 자살을 하려고 했다 한다. 병원이나 일터에서 푸대접을 받고 불만이 잔뜩 쌓여 있었을 수도 있으리라. 아무튼 바로 그 본인의 입에서 나온 말이 "나 혼자 죽을 수 없다. 기왕 죽을 바에야 모두 같이 죽자"고 해서 그런 짓을 했다고 하니, 그런 사람을 어떻게 정신장애자라고 하겠는가? 만약 그런 사람을 정신장애자라고 한다면 우리가 살고 있는 이 사회에 정신장애자 아닌 사람이 별로 없을 것이다. 내가 보기로 그 방화범은 우리 사회에 얼마든지 있는 평범한 보통 사람이다. 차라리 남을 속일 줄 모르는 솔직한 사람이고 아주 단순한 사람이라고 해야 더 정확할까?

그렇다면 그런 사람이 어째서 그토록 무서운 범죄를 저질렀나? 솔직하고 단순한 사람이, 그것도 회갑이 다 되어가는 사나이가 어째서 환한 아침나절에 전동차에 불을 질러서 모두 같이 죽자고 했나? 엉뚱하게 들릴는지 모르지만 우리 사회가 꼭 그렇게 되도록 되어 있다. 언제 어디서고 그런 사람이 나타나게 되어 있는 것이 우리가 살고 있는 이 사회라는 것이다.

그 사람의 나이가 57세라니까 태어난 해가 1947년쯤이다. 그렇다면 유년 시절을 6·25의 전쟁판에서 보냈을 것이고, 국민학교에 들어간 것이 휴전 전후였을 것이다. 여기서 우리는 그와 같은 나이의 사람들은 말할 것 없고, 그 뒤로 나서 자라난 이 나라의 모든 사람들이 두 조각으로 갈라진 나라의 한쪽 땅에서 어떤 교육을 받아왔던가를 제정신 가지고 돌이켜 깊이 생각해 보아야 할 것이다. 이렇게 말하는 것은 나 자신이 일제에서 해방되던 그 전후에서부터 1980년대까지 바로 그 국민교육을 맡아 한평생을 거의 다 보냈기에 지난 반세기 동안의 학교 교육이 어떤 사람을 만들어냈는가를 그 누구보다도 더 잘 알고 있기 때문이다. 우리 학교가 사람이 살아가야 하는 올바른 도리를 가르쳤는가? 정직하게 살아가라고, 성실하게 땀 흘려 일하면서 살아가라고 가르쳤는가? 어쩌다가 말로는 가르쳤는지 모른다. 그런데 몸으로 행동으로는 조금도 가르치지 않았다. 그래서 시험을 칠 때만 어디에 ○표를 하고 어디에 ×표를 하면 점수를 딴다는 것을 머리로 계산하도록 가르쳤다. 실제 행동으로 정직하고 성실하게 살아간다는 것이 얼마나 어리석은 짓인가, 손해를 보고 살아야 하는 바보 같은 짓인가를 깨닫게 하는 것이 학교라는 곳이었다. 그래서 모든 아이들이 수단과 방법을 안 가리고 점수를 따려고 죽기 살기로 경쟁을 하면서 서로 남을 이기려고 남의 위에 올라서려고 하는 약육강식의 살벌한 삶을 배웠다. 허울 좋은 입신출세란 교육은 서로 잡아먹는 교육이었다. 내가 40여 년을 가르쳤던 아이들은 산골 아이들이었다. 그 산골의 어린아이들조차 그랬으니 도시 아이들, 중고등 학생들은 어떠했겠는가? 그런 기막힌 교육의 현장에서 교육하는 사람으로 시달리고 괴로워하다가 나 자신도 결국 그 교육이라는 괴물 인간 제조 공장에서 쫓겨나듯이 나왔던 것이다.

그런데 아직도 그런 교육은 거의 바뀌지 않고 있다. 지난해 연초였던가, 좋은 뜻을 가졌던 교육부의 장관이 학벌사회의 병폐를 바로잡아보겠다고 국무회의에서 과감하게 어떤 제안을 했다가 그만 경제부처 장관들의 집중성토를 당하고, 곧 그 자리를 물러나기까지 했다. 아이들에게는 죽자살자 경쟁을 시켜야 공부를 하게 되고, 그래서 그 가운데서 머리가 뛰어난 놈을 뽑아 올려야 세상을 앞장서 이끌어가는 인물이 되고, 그래야 경제가 발전한다는 그 경제 제일주의, 잘먹고 잘살아보자는 주의가 인간교육이고 사람답게 살아가는 세상이고 다 깔아뭉개 버린 것이다. 그래서 그 뒤로 들어앉은 어느 교육부 장관은 기가 차게도 체벌이란 것을 사랑의 매로 허용한다는 말까지 하여 늙어빠진 학교 관리자들의 환성을 한 몸에 받고, 아이들을 장난감으로 여기는 학부모들의 박수를 받았다. 왜 이런 장관이 자꾸 나오고, 이런 교육자와 부모들이 교육을 이 지경으로 만들고 있는가? 그럴 수밖에 없는 것이, 그들이 모조리 어렸을 때부터 그런 교육만을 철저하게 받아서 괴물 같은 인간이 되어 버렸기 때문이다. 그래서 학교마다 깡패가 지배하는 교실에서 아이들이 끊임없이 자살하는 일이 일어나는데도 그런 것은 우리 모두가 잘살게 되어가는

골프장 공사로 베어질 느티나무를 이오덕 선생님의 아드님이 옮겨와 심었
다. 2004년 5월 10일.

세상에서 어쩔 수 없이 한쪽에 드리워질 수밖에 없는 그늘이라는 논리로 묻어 버리고 마는, 이 어처구니없는 정신상태가 모든 국민을 이 지경으로 빠뜨려 헤어나기 어렵게 한 것이다.

지금 우리 국민은 거의 모두가 이런 교육을 받아왔고, 그래서 이런 정신상태에 빠져 있다. 이 사실을 우리는 분명하게 알아두어야 한다. 모든 문제의 해결은 여기서 출발하는 수밖에 없기 때문이다. 이제 다시 앞에서 내놓았던 온갖 물음을 내놓게 된다. 왜 높은 빌딩이 눈 깜짝할 새에 무너지는가? 왜 아이들이 교실마다 왕따를 당하면서 병들어가고 죽어가나? 왜 여의도 넓은 마당에서 차를 마구 몰아 사람을 치어 죽이려는 사람이 생겨나는가? 왜……. 그럴 수밖에 없이 우리 국민들이 되어 있는 것이다. 모든 문제의 근원은 인간성을 파괴하여 추악한 경제 동물로 찍어내는 학교라는 괴물 인간 제조 공장에 있다.

신문에 가끔 나는 기사인데, 방세도 못 내고 빚에 시달리다가 그만 그 어린 자식부터 죽이고 스스로 죽는다는 참혹한 사건이다. 이런 일도 우리 나라에만 있는 줄 안다. 왜 죽고 싶으면 어른이나 죽지 아이까지 죽이는가? 아이는 고아원이나 어디에 맡겨 놓으면 된다. 그 아이가 앞으로 부모 없이 아무리 어렵게 살아간다고 해도 죽는 것보다는 낫고, 또 앞으로 어떻게 살고 어떤 사람이 될지 누가 알겠는가? 그리고 아이를 죽일 권리가 그 부모에게 있는가? 스스로 목숨을 끊는 것도 죄가 된다고 하겠는데, 그렇게 죽는 판에서 살인행위를 하다니! 기왕 죽을 바에는 내 아이만은 내 마음대로 할 수 있다는 이 기가 막힌 이기주의가 아이를 죽이는 것이다. 내가 이곳 시골에 와서 한 가지 놀란 일은, 농민들이 옛날과는 달리 돈이 안 생기는 것이라면 감나무고 살구나무고 마구 베어 버린다는 것이다. 이사를 갈 때는 흔히 아름드리 나무를 베어 버린다. 내가 못 따먹을 과일나무라면 다른 사람에게 줄 수 없다는 심보다. 옛날의 농사꾼들은 결코 이렇지는 않았다. 왜 사람들이 이렇게 되었나? 돈 세상이 이렇게 만들었지만, 그보다도 먼저, 모든 사람들이 아주 어릴 때부터 학교에서 그런 사람이 되도록, 그렇게 자기만 살면 그만이라는 생각밖에 할 수가 없도록 철저한 교육을 받았기 때문이다. 수단과 방법을 안 가리고 자기 잇속만 채우려는 태도로 살아가는 교육을 국민학교 6년 동안, 중학교 3년 동안, 고등학교 3년 동안 그리고 더러는 대학 4년까지 받았으니 그렇게 안 되고 어찌하겠는가? 우리 사회는 온통 이런 사람들로만 넘쳐 있는 것이다.

그러니까 "죽을 바에는 나만 죽을 수 없다"고 하는 심경으로 되어 있는 사람이 어찌 그 지하철 방화범 한 사람뿐이겠는가? 잘 생각해 보면 그 정신의 밑바닥에 이런 폭발물을 숨기고 다니는 사람이 얼마나 많이 있는지 모른다. 그 폭발물은 언제 어디서 터질는지 모른다. 우리가 살고 있는 이 허술하고 불안스럽게 꾸며 놓은 도시 사회는 이런 폭발물을 안고 다니는 사람들이 수없이 있다는 사실을 생각해야 할 것이다. 지뢰라는 것이 휴전선에만 깔려 있는 것이 아니다. 우리 국민들의 마음속에 숨어 있는 지뢰를 없애는 일을 지금부터라도 하지 않는다면, 그래서 경제 성장만을 목표로 달려가기만 한다면, 마침내 우리는 무서운 끝장을 맞을 수밖에 없다. 이제부터라도 아이들 살리는 일을, 아이들을 사람답게 기르는 일을 그 어떤 정책보다도 더 앞세워서, 그야말로 우리 민족이 살아남을 수 있는 지상의 과제로 삼아야 하는 까닭이 이러하다.

사람이 기계가 되면

아주 오랜 옛날에 사람은 수레바퀴를 발명했습니다. 그래서 무거운 짐을 수레에 실어 쉽고 빨리 나를 수 있게 되었지요.

수레바퀴는 자전거가 되고, 자동차가 되고, 기차가 되었습니다. 사람들은 차를 타고 아주 빨리 먼 곳을 가게 되었습니다. 모두가 차를 타게 되고, 차를 가지고 싶어하게 되었습니다. 남보다 더 빨리 가려고 다투게도 되었습니다. 빨리 가려면 차도 빨라야 하겠지만 길이 넓고 쭉 곧게 틔어 있어야 합니다. 그래서 길이 자꾸 넓어지고, 새 길이 나서, 오늘날에는 사람이 두 발로 걸어 다니는 길은 없어지고 찻길뿐입니다. 곡식을 심던 논밭을 닦아 길을 만들고, 산을 깔아뭉개고 해서 이제 길은 거미줄같이 땅을 얽어 놓았습니다. 그럴수록 자동차는 자꾸 더 붙어나서 길은 막히고, 끔찍한 교통사고가 곳곳에서 터지고 산짐승들은 길이 끊겨 굶어죽고, 차에 치여죽게 되었습니다. 도시에는 땅 밑에도 길이고 공중에도 길이지만, 길은 여전히 모자라고 막힌다고 야단입니다.

처음에 손수레를 끌고 다니면서 곡식이나 과일을 나르는 것은 좋았지요. 자전거를 타고 다니는 것까지도 괜찮았습니다. 그런데 가만히 앉아서 핸들만 잡으면 어디든지 갈 수 있게 되고부터 사람들은 그만 그 자동차의 노예가 되고 말아요. 자동차를 움직이는 기름을 대어야 하고, 주차장을 만들어야 하고, 길을 넓게 닦아야 하고, 차에서 뿜어내는 독한 가스를 마셔야 하고, 걸어 다니지 않아서 병들어 버린 몸을 걱정해야 하고……. 사람들은 기계를 만들었지만, 그 기계에 기대어 살게 되어 그만 기계의 노예가 되고 스스로 기계가 되고 말았습니다.

자동차뿐 아닙니다. 내가 어렸을 때는 농사꾼들이 호미와 괭이, 삽, 지게만으로 농사를 지었어요. 그래서 논밭에서 노래를 부르고 이야기를 하면서 즐겁게 일했습니다. 그런데 지금은 온갖 기계로 땅을 갈고 곡식을 거두고 나르지요. 그러다 보니 기계에 다쳐서 팔다리가 부러지고 목숨을 잃는 일이 예사로 일어납니다. 기계를 비싼 돈으로 사야 하니 돈을 벌기에 정신을 잃어야 하고 기계를 수리하는 일도 힘이 들고, 그것을 간수하는 집을 지어야 하지요. 기계를 움직이는 기름값 걱정을 하고, 기계를 부릴 때 나는 고약한 냄새와 시끄러운 소리를 참아야 합니다. 그러니 일하면서 노래가 나올 턱이 없지요.

옛날에 어머니들은 바느질로 옷을 지었습니다. 그것은 힘들지만 재미있는 일이라 노래를 부르면서 옷을 꿰매고 물레를 잣고 했지요. 그런데 재봉틀로 바느질을 하면서부터 노래가 사라졌어요. 바짝 정신을 차리고 있지 않으면 자칫하면 기계 바늘이 손가락을 꿰뚫어 버립니다. 어찌 옷 만드는 공장뿐이겠습니까.

사회의 제도란 것도 사람이 만든 틀이요, 기계 장치입니다. 교육만 해도 그렇지요. 아이들은 아주 어릴 때부터 학교라는 틀 속에 들어가 그 틀에 찍혀 나옵니다. 유치원 아이들이 똑같은 옷을 입고 모자를 쓰고 가방을 메고 줄을 지어 하낫둘 하면서 길을 가는 것을 보면, 어째서 사람이 저 지경으로 되어가나 하고 한숨이 나옵니다. 초등이고 중등이고 학생들이 서로 점수 많이 따려고 아귀다툼을 하는 것은 벌써 기계의 부속품이 되어 버린 것입니다.

기계가 되면 아무것도 책임질 일이 없습니다. 그저 전체가 움직이는 그 틀 속에서 자신을 맡겨 버리면 그만이지요. 그래서 아주 편리하고 편안한 상태가 되기도 합니다. 하지만 바로 이 편리하고 편안한 상태가 무서운 함정입니다. 한 번 이 함정에 빠지면 그만 자기 자신을 다 잃어 버리고 맙니다.

여기서 우리가 적어도 세 가지 사실을 알아두어야 합니다. 첫째는, 사람이 기계가 되었을 때 고통을 느끼지 않는다면 그 사람은 벌써 죽은 사람이란 것입니다. 둘째는, 기계가 어느 한 곳에 고장이 나면 그 기계 전체가 한 순간에 덜커덕 멈추게 되고, 그래서 엄청난 재앙이 그 기계에 매달려 있던 모든 사람을 덮친다는 사실입니다. 셋째는, 크나큰 기계 장치 뒤에는 그 장치를 움직이는 손(돈)이란 것이 있어서 사람 사회를 이렇게 만든다는 것입니다.

이현주 선생님의 동화 〈알게 뭐야〉는 우리 사회가 안고 있는 이 무서운 기계장치의 문제를 아주 쉽고 재미있는 이야기로 알려주고 있습니다. 어떻게 하면 사람이 기계가 되지 않고 자유인이 될 수 있을까요? 부디 잘 생각해 보시기 바랍니다. 이보다 더 중요한 공부가 없으니까요.

그 먼 길을 걸어가면서 혼자 부르는 노래

나는 베토벤도 모차르트도 차이코프스키도 모른다. 이름밖에 아는 것이 없다. 게다가 어쩌다 음악책을 펴면 온통 서양음악 얘기, 서양 사람 얘기만 나와서 도무지 읽고 싶지 않다. 그래서 '생활과 음악'이란 자리에 글을 써 달라는 요청도 쓸 것이 없다고 사절하기만 했는데, 여러 달을 졸리다가 이번에 이 글을 쓰기로 한 것은 지난 2월호에 나온 김용직 선생님의 글 덕분이다. 이분은 만난 적도 없고 글도 처음 대한 터이지만 〈벽창호의 수기〉란 제목의 그 글은 내게 음악 이야기를 쓰도록 힘을 주었다. 아이고 어른이고 어떤 글을 읽고 "참 그렇지. 나도 내 이야기를 쓰고 싶다"고 하는 마음이 우러나왔다면 그 글은 최상급의 글이라 아니할 수 없다. 내가 지금까지 가장 힘들여 하여온 일이 글쓰기로 하는 인간교육인데, 우리 글쓰기 교육의 길에서 보면 이런 글이 가장 귀하고 훌륭하다. 음악 얘기가 글 얘기로 시작되었지만 좋은 글을 읽은 기쁨을 적지 않을 수 없다.

음악 얘기도 결국은 글로써 쓰는 것이니까.

누님 등에 업혀 동요를 들으며 자란 어린 시절

글을 못 쓴다고 해서 흉보는 사람은 없다. 그림그리는 재주도 그렇다. 그런데 노래를 못 부르면 가끔 창피를 당한다. 이것을 보면 사람의 삶에 가장 밀접해 있는 것이 음악이다. 언젠가 들은 얘기인데, 음치라고 모두가 말하는 사람이 대학을 졸업한 뒤 하도 억울해서 그때부터 노래를 배우기 시작하였는데, 끈질긴 노력 끝에 다시 음악대학을 나와서 놀랍게도 성악을 가르치는 교수까지 되었다고 한다.

내가 믿기로 사람은 누구든지 글쓰기나 그림그리기나 노래부르기에서 어느 정도 잘 할 수 있는 능력은 모두 타고났다. 다만 어렸을 때 잘못된 환경과 교육이 그 사람을 글 한 줄 못 쓰는 사람으로 만들거나, 남의 그림 따라 그리는 흉내밖에 낼 수 없도록 하거나 음치가 되게 한다. 앞에서 말한 음악교수도 어렸을 때 환경이 나빴으리라 생각되고, 그래서 어른이 다 되고 난 다음에야 엄청난 값을 치르고서 그 능력을 돌이킬 수 있었던 것이라 믿는다.

나는 경상도 산골에서 태어났지만 다행히도 음치라는 말은 듣지 않아도 되도록—그런 환경에서 자라났다. 내 위에는 누님이 세 분 계셨는데, 나는 아주 어렸을 때부터 누님들의 등에 업혀 학교와 교회와 마을 야학에서 배워온 누님들의 '창가'를 들었던 것 같다. 내가 기억하고 있는 맨 처음의 노래는 지금은 돌아가신 맏누님께서 언제나 불러주시던 다음 동요다.

보리밭에 종달새 봄이 왔다고
은방울 흔들면서 노래하기를
누구든지 같이 와서 놀고 가라고.

처마 끝 조롱 속에 찍찍거린 새
보리밭을 보면서 슬피 울기를
갈래야 갈 수 없는 맨 몸이라고.

우리 집은 셋째 누님이 학교에 들어가야 할 무렵에는 살림이 어렵게 되었다. 그래서 학교 공부를 하지 못하신 그 누님은 국문을 읽기는 하지만 빨리 쓰시지는 못해서 틈만 나면 공책과 연필을 내게 주면서 부르는 대로 받아 적으라고 하셨다. 그것은 어디서 듣고 배운 온갖 창가와 동요였는데, 그렇게 해서 적어 놓은 것이 지금의 대학 노트보다 훨씬 더 두꺼운 공책에 꽉 찼다고 기억한다.

아버지는 흔히 새벽에 일어나셔서 〈전도가〉니 〈금주가〉 같은 노래를 혼자 부르고 계셨는데 셋째 누님의 노래책에는 아버지가 부르시던 그 노래들도 다 적어야 했다. 〈전도가〉나 〈금주가〉는 그 노랫

말이 어쩌나 긴지 공책장을 한참 넘겨야 끝이 날 정도였다.

　나도 마을 야학에서 학교에서 교회에서 노래를 배웠는데, 야학에서 배운 노래 하나를 적어본다.

　　담뱃대 떨더니 땅 속에 가고
　　아가는 힘있게 자라나누나
　　딴따다 딴따다 딴따 딴따다
　　이 나라 아가는 농촌의 아들

　　청산과 녹수야 변한다 해도
　　흙에서 태어나 흙으로 자랄
　　딴따다 딴따다 딴따 딴따다
　　이 나라 아가는 농촌의 아들

　담뱃대 떨더니……. 그때는 아무 생각 없이 불렀는데, 지금 보니 낡은 시대의 풍습을 고집하는 노인들을 비웃는 말이 대담하다고 느껴진다. 아기들과 농촌에 희망을 건 이 동요는 1920~30년대 농촌 계몽운동을 하던 젊은이들의 생각이 담겨 있다는 것도 깨닫는다.

모든 것을 잊어도 노래만은 살아남아

나는 어른이 되어 아이들을 가르치는 선생 노릇을 40년도 넘게 했다. 그러나 그동안 내가 아이들에게 무엇을 남겨주었는지 전혀 자신이 없고, 지난날의 교단생활을 생각하면 부끄러울 뿐이다. 그런데 더러 옛날에 내가 가르쳤던 사람을 만나면 음악시간 얘기를 한다. 내가 노래를 재미있게 가르쳤다는 것이다. 정말 내가 노래를 제대로 가르쳤던 것일까? 그렇다면 아마도 학교 선생님들 가운데 풍금을 못 쳐서 음악시간을 빼먹고 넘어가는 이들이 한 학교에 몇 사람씩은 꼭 있고, 음악시간을 지킨다고 하더라도 동요곡 하나를 가지고 몇 시간씩 걸려도 제대로 부를 수 없도록 요령 없이 가르쳐 그만 아이들이 음악시간까지 지겨워 하도록 하는 선생들이 흔히 있는 교육 현실에서, 그래도 내가 상식에 그다지 어긋날 정도는 아닌 수업을 했기 때문인지도 모른다.

하긴 8·15 이후 나는 교단에 있으면서 동요곡집이란 것을 눈에 띄는 대로 모조리 사 모으기도 했다. ㅂ시 어느 학교에 있을 때 피아노를 잘 치던 ㅈ선생은 내가 음악에 무슨 재질이 있는 줄 알고 자꾸 피아노를 치라고 권해서 한겨울 동안 피아노 교실을 들락거린 적도 있다. 결국 내가 더 애써 해야 할 공부가 달리 있음을 깨닫고 그만두었지만.

김용직 선생님의 글에도 연회석 같은 자리에서 노래를 불러야 하

경상북도 안동군 임동면 지례1동 길산국민학교에 계시던 때의 모습.
1979년 3월.

는 고충 얘기가 나오지만 나도 술자리에서 노래를 부르라고 하면 아주 쩔쩔맨다. 음악 수업을 빼먹는 사람도 술자리에서만은 노래를 자랑스럽게 부르는데 나는 못 부른다. 내가 알고 있는 것은 동요곡이고, 동요를 부르라면 얼마든지 부르겠는데, 술자리에서 어울리지 않는 노래를 어떻게 부르겠는가?

나는 사람들이 많이 모인 자리에 나가면 노래고 말이고 제대로 못한다. 그래서 술자리뿐 아니고 사람들이 많이 모인 자리가 싫다. 노래는 아이들 앞이 아니면 혼자 있을 때만 부른다. 내가 부르는 것은 동요곡이고, 어렸을 때 듣고 배운 노래들이다. 그리고 소월의 시다.

방안에서 글을 쓰다가 가끔 혼자 노래를 부른다. 그러면 온몸에 새 힘이 솟아오른다. 길을 가면서 노래를 부른다. 그러면 걸어가는 그 길이 즐겁다.

어렸을 때 보통학교에서 배운 일본 노래도 불러본다. 그러면 그 옛날이 다시 살아난다. 나는 지금도 보통학교에서 배운 그 의식노래들까지 모조리 기억하고 있다. 그것을 부르면 그때그때 꿈같이 아름다운 계절이 눈앞에 떠오르고, 그리운 옛 동무들이 나타난다. 마음속 가장 그리운 세계로 돌아가기 위해 일본 노래를 불러야 하다니, 이 무슨 기막힌 장난이고 운명인가!

아마도 1960년대 어느 해였다고 생각한다. ㄷ시 어느 골목을 지나가는데, 저쪽에서 엿장수가 가위를 찰강거리면서 리어카를 끌고 오고 있었다. 그 리어카 위에 여러 가지 책이 있기에 이것저것 뒤적거리다가《동요창가명곡전집》이란 아주 두꺼운 책 두 권을 엿 몇 가락 값으로 샀다. 물론 일본책이다. 그 책에는 옛날 내가 보통학교에서 배웠던 일본동요곡이 몇 편 있었는데, 노랫말이 내가 기억하고 있는 그대로였다. 그리고 악보를 보고 풍금으로 쳐보았더니 내가 그때까지 혼자 부르고 있던 그대로 한 군데도 틀린 데가 없어 놀라기도 하고 기쁘기도 했다.

어렸을 때 읽은 천자문은 다 잊었다. 성경책 구절도 교과서 글도 외우고 있는 것이 거의 없다. 아버지 어머니 말씀도 다 잊어버렸다. 그러나 노래만은 머리 속에 그대로 들어 있다. 노래로 부른 노랫말은 머리 속 깊이 새겨져 있다. 이것은 어린이를 키우는 데 음악이 얼마나 중요한가를 깨닫게 한다. 그리고 우리가 살아가는 삶의 본질이 생명의 움직임이 바로 음악이 아닌가 하는 생각도 하게 한다.

얼마나 긴 세월을 우린 '노래' 없이 살아왔는지……

혼자 길을 걸어가면서 노래를 불렀다고 했는데, 나는 참 많은 길을 걸었다. 교원 노릇 40년에 나만큼 많은 길을 걸었던 사람이 아마도 이 나라에 없으리라. 대부분의 임지가 산골 학교였기에 그렇기도 했지만, 나는 어릴 때부터 차멀미를 심하게 해서 버스를 타지 못하고 웬만한 곳이면 걸어다녔기 때문이다. 여름이고 겨울이고 날마다

이오덕 선생님의 시비. 2003년 겨울.

〈새와 산〉

새 한 마리 / 하늘을 간다

저쪽 산이 / 어서 오라고 / 부른다

어머니 품에 안기려는 / 아기 같이

좋아서 어쩔 줄 모르고 / 날아가는구나!

10리, 20리 길을 걸어다니는 것은 예사로 알았다. 요즘 같으면 웬만한 길은 차들이 자주 가고 오고 하여 먼지를 날리고 냄새를 풍겨서 걷는 것이 고통스럽지만, 철 따라 산새 소리, 개구리 소리, 매미 소리, 벌레 소리를 들으면서, 온갖 꽃들과 풀이며 나무들을 바라보면서 걸어가는 길은 진정 즐겁기도 했다.

그 먼 길을 걸어가면서 나는 노래를 불렀던 것이다. 무슨 노래를 불렀는가? 어렸을 때 배운 동요를 생각나는 대로 다 불렀다. 그리고 이원수 선생의 동요와 동시다. 나는 이원수 선생의 동시를 좋아해서 작곡이 안 된 것은 내가 길을 걸어가면서 곡을 지어 부르기도 했다. 〈가엾은 별〉, 〈고향바다〉, 〈헌 모자〉, 〈부엉이〉, 〈부르는 소리〉, 〈너를 부른다〉와 같은 시들은 내가 멋대로 곡을 지어 불렀다. 언젠가 술자리에서 동요 얘기가 나와서 내가 곡을 지어 부르고 있다고 했더니 이원수 선생은 "작곡가들이 내 동시에 곡을 지어 놓은 것이 여러 편 있지만 마음에 드는 것이 별로 없어요. 어디 한번 불러 보세요" 했다. 그러나 나는 끝내 부를 용기를 내지 못했다. 그러나 그때 술자리가 아니었다면 불렀을지도 모른다.

길을 걸어가면서 부른 노래는 동요말고 또 있다. 그것은 이건우 가곡집 《금잔디》와 김순남 가곡집 《자장가》에 들어 있는 노래들이다. 소월의 시와 그밖에 몇몇 시인의 시를 이 작곡가만큼 뛰어난 예술 가곡으로 표현해 놓은 사람이 지금까지 없다고 나는 생각한다. 그 노래들은 몇몇 곡을 제쳐두면 내가 부르기에 음정이 너무 높고 변화가 많아 그것을 악보대로 정확하게 부르기가 힘들었다. 그래서 좀 틀리면 틀린 대로 불렀다. 그저 그 노래들이 좋아서 불렀고, 자신이 없는 곳은 내 멋대로 부르기도 했다. 어디를 봐도 암흑으로 꽉 덮혀 있던 그 답답한 긴 세월을 살아가면서 내가 부르던 그 노래들은 얼마나 크게 나를 위로해 주었던가! 생각하면 절망의 40년을 지탱해 준 것이 〈금잔디〉와 〈자장가〉의 노래였던 것이다.

재작년 말이었다고 생각된다. 김순남·이건우 가곡발표회가 40여 년 만에 예음홀에서 있었을 때, 나는 그날 밤에 굉장히 많은 사람들이 모일 줄 알았는데, 젊은이들이 겨우 삼사십 명뿐이었다. 그 젊은이들이 생전 처음 듣는 두 사람의 가곡을 어떻게 느꼈을까 생각하니 참으로 슬펐다. 우리 역사가 비단 음악뿐 아니고 모든 영역에서 끊어졌지만 유독 음악의 맥이 끊어진 것이 더 한층 슬퍼진 것은 겨레의 생명이 끊어진 듯한 느낌이 들었기 때문이다.

얼마나 긴 세월을 우리는 '노래' 없이 살아왔던가? 참된 노래의 맥을 이어받지 못한 우리 겨레의 정서는 병이 들대로 들어 생태마저 어처구니없게 변했다.

물론 오늘날의 젊은이들이 〈자장가〉와 〈금잔디〉를 애창해 주기를 기대할 수는 없다. 그 가곡들의 대부분은 40년 전이나 50년 전에도 대중이나 민중들이 널리 부를 수 있는 노래는 아니었다. 그러나 그런 예술가곡들이 우리 겨레음악의 높은 꼭대기에서 일부 사람들에게라도 애창되고, 그래서 많은 사람들이 그 노래를 듣고 즐거워하고, 그런 바탕 위에서 좀더 널리 부를 대중가요들이 생겨나고—이렇게 되어야 우리 겨레음악도 건전하게 발달하는 길을 갈 수 있었을 것 아닌가 생각된다.

또 하나, 〈자장가〉와 〈금잔디〉는 혼자서 외롭게 부를 노래다. 그래서 많은 사람들이 함께 부르는 오늘날 〈아침 이슬〉의 세대에는 친근할 수 없게 된 것이 당연하다. 그러나 이 세상에 외로운 사람들이 있고, 그 외로움의 정서가 우리 겨레의 마음속에서도 자리잡고 있는 한, 김순남과 이건우의 가곡은 언제까지나 그 생명을 이어가리라 믿는다.

몇 동만생 다시 살으리라.

년 월 일

밤낮 침대에 누워 있자니
등뼈가 아파서 견딜 수 없다
그래도 낮에는 정무가 아니서 책지 않고 앉아
잠시라도 앉아 있지만
밤에는 누워서 꼼짝 못한다
수건을 등뼈 밑쪽에 갈아 달라 해서
겨우 견디는데
너 밤에는 발끝처럼 죽자 마르다
그래도 꼼짝 못한다.
나건 아득 한 속에 들어가 있는
산 송장이라.
정말 밤마다 나는 한 속에 들어
생매장 되어 없다가
아침이면 살아 온다.
죽었다가 살아나고
또 죽었다가 살아나고
나날 참 지겨웠다.
차라리 새 세상 새 한평생
발끝로 때 몇 평생 살는지
그래 참 오래 살게 되었네

〈8.20〉

2003년 8월 25일 돌아가시기 전인 8월 20일에 쓰신 시.